A consultora teen

Patrícia Barboza

A consultora teen

1ª edição

Rio de Janeiro-RJ / Campinas-SP, 2014

VERUS
EDITORA

Editora: Raïssa Castro
Coordenadora editorial: Ana Paula Gomes
Copidesque: Ana Paula Gomes
Revisão: Anna Carolina G. de Souza
Capa e projeto gráfico: André S. Tavares da Silva

Fonte da letra de música à p. 125: <http://www.vagalume.com.br/pitty/semana-que-vem.html>. Acesso em: 17/9/2014.

Fonte da definição do Dicionário Informal citada à p. 148: <http://www.dicionarioinformal.com.br/significado/frisson/441/>. Acesso em: 18/9/2014.

Fonte da letra de música à p. 148: <http://www.vagalume.com.br/roupa-nova/frisson.html>. Acesso em: 18/9/2014.

ISBN: 978-85-7686-356-4

Verus Editora Ltda.
Rua Benedicto Aristides Ribeiro, 41, Jd. Santa Genebra II, Campinas/SP, 13084-753
Fone/Fax: (19) 3249-0001 | www.veruseditora.com.br

CIP-BRASIL. CATALOGAÇÃO NA FONTE
SINDICATO NACIONAL DOS EDITORES DE LIVROS, RJ

B195c

Barboza, Patrícia, 1971-
A consultora teen / Patrícia Barboza. - 1. ed. - Campinas, SP : Verus, 2014.
21 cm.

ISBN 978-85-7686-356-4

1. Ficção infantojuvenil brasileira. I. Título.

14-15993
CDD: 028.5
CDU: 087.5

Revisado conforme o novo acordo ortográfico

Impressão e acabamento: Prol Gráfica e Editora.

Sumário

1 Ano novo, vida nova

As férias de janeiro chegavam ao fim. Mas a minha nova vida estava apenas começando. O entra e sai dos funcionários da transportadora começou cedo. A minha casa — muito em breve ex-casa — estava tomada por caixas de papelão, martelos, pregos, jornais velhos para embalar objetos frágeis e plástico-bolha.

— Minha filha! Já arrumou todas as suas coisas? — minha mãe gritou do quarto dela.

— Já estou acabando, mãe! — gritei de volta, um tanto atordoada com toda aquela agitação.

Ah, eu sou a Thaís. Esqueci de me apresentar. A gente estava de mudança não só de casa, mas de cidade também: Rio de Janeiro. Sempre havíamos morado em Volta Redonda, mas minha mãe fora aprovada num concurso no Rio e não dava para deixar passar a oportunidade. Ela, meu irmão e eu íamos para lá assim que tudo estivesse no caminhão de mudança. Meu pai ainda demoraria um pouco para se mudar e ficaria um tempo na casa dos meus avós. Ele acertaria os últimos detalhes da entrega das chaves ao novo dono e transferiria o consultório (ele é dentista). Vendemos a nossa casa para comprar o apartamento no Rio. Eu tinha morado nela a vida inteira, era a primeira vez que precisava encaixotar coisas, então estava meio tonta com tudo aquilo. A casa não era enoooorme, mas tinha três quartos e um quintal razoável, lugar de muitas brincadeiras com o meu cachorro, Sansão. Aí surgiam perguntas do tipo: *Quem será que vai passar a viver no meu quarto?*

Olhei para as paredes e vi as marcas dos pôsteres que tirei. Sou muito fã do Dinho Motta. Aliás, é difícil conhecer alguma garota neste Brasil inteiro que não seja fã do Dinho. Ele canta rock, toca guitarra e se veste com um estilo só dele. Alguns garotos torcem o nariz, mas é puro ciúme. Ou recalque, como a Fabi gosta de dizer. No fundo adoram imitar o jeito dele, principalmente o corte de cabelo. Lembro quanto eu enchi a paciência do gerente da loja Música & Cia para me dar o pôster do seu último CD. Perturbei tanto o coitado que ele resolveu me dar todos que tinha na loja, inclusive dos discos anteriores! Foram quatro diferentes, e eu quase pirei.

E minha mãe reclamando que eu ia estragar a pintura das paredes com aqueles pôsteres. Mas, depois de vê-los lindamente decorando meu quarto, ela admitiu que ficou muito legal. "Filha, realmente, você tem bom gosto! Ele é um gato! Ahhhh, meus tempos..." Enrolei tudo com o maior cuidado para não amassar e coloquei num canudo de papelão.

— Thaís, você viu aquele meu par de tênis novo? Aquele que usei na festa da Soninha? — meu irmão, Sidney, perguntou aos berros na porta do meu quarto. Se ele estava tão perto de mim, precisava estourar os meus tímpanos? Será que todo irmão mais velho grita assim?

— Já olhou embaixo da sua cama? Você adora enfiar as coisas lá — respondi, cruzando os braços, já sem paciência.

— Acheeeei! — gritou do quarto dele. — Valeu, irmãzinha!

Outra coisa que embalei com o maior cuidado do mundo: meus livros e revistas. Sou totalmente viciada em livros e revistas para adolescentes. Vou confessar uma coisa: demorou um pouco para eu me tocar que já era adolescente, apesar dos meus recém-completos 14 anos. Eu vivia no meu mundinho particular e, aos 12 anos, pimba! A primeira menstruação. Soube de meninas que ficaram menstruadas até mesmo com 10 ou 11 anos. Enquanto todas as garotas da minha classe comemoravam o fato de ter ficado "mocinhas", eu simplesmente queria sumir do planeta. E aquela cólica horrorosa? Como comemorar uma coisa tão péssima como aquela? Eu chorava e falava para a minha mãe que não queria aquilo. Ela me consolava, mas acabava rindo das minhas lamentações.

— Ai, filha, desculpa. Mas é que você está exagerando no drama — ela se desculpou quando fiz cara feia.

O pior de tudo é que foi o Sidney quem comprou meu primeiro pacote de absorventes. Eu mal conseguia sair da cama de tanta cólica, e minha mãe ficou aplicando compressa quente na minha barriga, além de me obrigar a tomar chá de camomila para me acalmar. Meu pai estava no consultório, e não tinha mais ninguém em casa para a *tal tarefa*. Nem preciso dizer que ele chegou no meu quarto sacudindo a sacola da farmácia, me zoando pela minha triste situação.

— Thaís, paguei o maior mico comprando isso aqui, viu? Mas até que foi engraçado. — Ele fez uma careta e jogou a sacolinha em cima de mim, provocando uma cara feia na mamãe.

— Como assim, Sidney? O que pode ter de tão engraçado em comprar essa... grrrr... coisa? — eu disse entre dentes, pois mal tinha forças para falar.

— Sabe o Cosme, do clube? Então... Ele está trabalhando como caixa na farmácia, sabia? Quando fui pagar, ele deu uma risadinha meio de lado e falou: "Ainda bem que a menstruação veio, hein? Não vamos ter o primeiro garoto grávido na história de Volta Redonda". Aí, claro, me defendi. "Não é meu, ô palhaço! É pra minha irmã".

— Ah, que maravilha! — Comecei a chorar de novo. — Agora o clube inteiro vai saber que fiquei menstruada. Valeu, Sidney. Nunca mais saio de casa.

— Você está sendo tão melodramática, filha... — A minha mãe não aguentou e caiu na risada. — Quando eu fiquei menstruada pela primeira vez, a sua avó ligou para a família inteira pra contar que eu tinha ficado mocinha.

Realmente, minha mãe tinha razão. Eu estava sendo melodramática à décima potência. Sim, eu tive cólica, mas não estava doendo taaanto assim. Eu simplesmente não queria crescer e estava lutando em vão contra a natureza.

Tive tantas dúvidas que ganhei um bocado de livros para me ajudar a enfrentar essa transição. Eu estava passando de criança a adolescente, sem a menor vontade. Sim, transição. Passagem de um estado de coisas para outro, segundo o dicionário. Sim de novo, dicionário. Não sei se todos os filhos de advogados passam por isso, mas a minha mãe sempre nos obrigou a pesquisar palavras e a escrever corretamente. Por isso às vezes causo estranhamento nas pessoas, por falar certas coisas que não são típicas da minha idade.

Alguns dos livros que ganhei funcionam como uma espécie de manual de primeiros socorros, com dicas de beleza, moda, comportamento e outras coisinhas. Estes em especial foram escritos por psicólogos, psiquiatras ou mesmo sexólogos. Eu tenho muita coisa desse gênero e já devo ter lido umas três ou quatro vezes cada um. Algumas frases eu posso até recitar de cor. Sei absolutamente tudo sobre sexo, namoro, prevenção de doenças sexualmente transmissíveis, gravidez e tudo o mais, através da minha coleção de livros e revistas. Repito: através dos meus livros e revistas. Teoria: nota dez. Prática: nota zero.

Nova cidade, nova escola, novos amigos. Fiquei um pouco apreensiva assim que soube da mudança. Claro que estava feliz pela minha mãe. Ela estudou muito para passar no concurso e conseguiu um bom cargo no Ministério Público. Se não me engano, foi praticamente um ano estudando todas as noites aquelas apostilas gigantescas. Ia dormir tarde, inclusive aos sábados, domingos e feriados. Quando ela recebeu a convocação oficial para começar a trabalhar, foi a maior festa! Com direito a balões coloridos e os famosos pastéis de queijo da minha avó.

Uma coisa era ir ao Rio para passear, como eu tinha feito tantas vezes. Como dizem, é a Cidade Maravilhosa. Linda, cheia de praias encantadoras, uma infinidade de shoppings e garotos bonitos. Outra coisa bem diferente era morar lá. Confesso que eu estava com um pouco de medo. Volta Redonda é uma das maiores cidades do estado, mas o Rio de Janeiro aparece em quase todas as novelas e colunas de fofocas de celebridades. Lembro do tom de preocupação do meu pai quando conversou sobre isso comigo, me levando até a minha lanchonete favorita para me animar.

Naquele dia o lugar estava muito movimentado. Nem conseguimos sentar na nossa mesa de sempre, na varanda. Ficamos dentro do salão, próximo da entrada da cozinha. Nossa conversa teve, ao fundo, a sonoplastia de pessoas falando, copos e talheres tilintando, pratos e bandejas sendo postos nas mesas vizinhas.

— Boa tarde, doutor Gustavo. Já escolheram o que vão pedir? — O garçom, que conhecia meu pai pelo nome, batucou de leve com a caneta no seu bloquinho.

— Escolhi. — Meu pai apontou para o cardápio. — Eu quero a salada da casa e um suco de laranja.

— E eu quero o hambúrguer especial da casa com aquela batata redondinha, qual é mesmo o nome? Noisette, isso! E um suco também. — Esse era o meu lanche favorito, então comecei ali meu ritual de despedida da cidade.

— Pois não. Já vou trazer os pedidos. — Ele sorriu, simpático.

— Você está bem, não é, filha? — Meu pai apertou os olhos e usou o mesmo tom de voz de quando me consola depois de algum pesadelo. Então fez um carinho no meu braço, gesto que eu adoro e que se repete toda vez que ele percebe que eu não estou muito legal.

— Estou bem sim, pai. — Sorri, tentando deixá-lo mais tranquilo. — Já estou me acostumando com a ideia. Morar no Rio sempre foi uma fantasia, sabe? Como algo que acontece num conto de fadas ou numa história fantástica. Nunca pensei que se tornaria realidade um dia. Eu estou acostumada com a minha rotina, os meus amigos e o colégio. Fico me sentindo uma criancinha indefesa só de pensar que vou ter que aprender a andar sozinha de metrô, por exemplo.

— Ainda vejo você como aquela menina de maria-chiquinha, correndo pra lá e pra cá, querendo fazer festa de aniversário para as bonecas.

— Pior que eu também me vejo assim! — Caí no riso, apesar da situação um tanto tensa para mim. — Tomei até um susto quando me olhei no espelho e não vi mais aquela menininha da foto no porta-retratos da sala.

— Sei que mudanças podem assustar, mas a Celina mereceu passar nesse concurso. Você mesma viu como ela se dedicou para realizar esse grande sonho dela. Para mim também vai ser um desafio, pois vou ter que conquistar novos pacientes. Tenho certeza que você já tem maturidade suficiente para entender que certas oportunidades na vida são irrecusáveis. Sua mãe merece os nossos esforços. Você e o Sidney vão ter que ser mais independentes. Sua mãe e eu vamos precisar trabalhar muito nessa fase de adaptação, e vocês vão ter que aprender a se virar sozinhos em algumas coisas. A cidade é mais movimentada e perigosa, mas tomando todos os cuidados vocês vão se sair muito bem.

— Ainda bem que existe o Google, né? E o GPS no celular. Assim eu não vou me perder por lá.

A minha cara devia estar bem engraçada, pois ele riu muito. Só parou quando o garçom trouxe o nosso pedido.

Afastei as lembranças e tratei de colocar minhas coisas pessoais no carro. O pessoal da transportadora tinha acabado de encaixotar tudo e faria um intervalo para o almoço. Minha avó não ia deixar que viajássemos sem almoçar com ela, então aproveitamos para nos despedir e comer aquele delicioso risoto que só ela sabe preparar. Aproveitei também para brincar um pouco

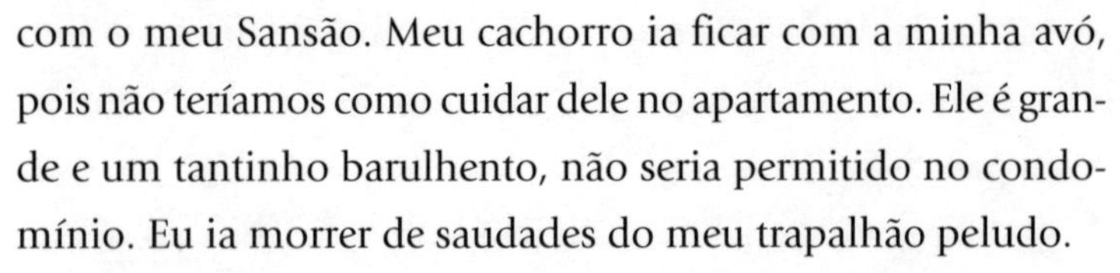

com o meu Sansão. Meu cachorro ia ficar com a minha avó, pois não teríamos como cuidar dele no apartamento. Ele é grande e um tantinho barulhento, não seria permitido no condomínio. Eu ia morrer de saudades do meu trapalhão peludo.

Como o Sidney estava louco para aprender a dirigir, resolveu ir na frente com a minha mãe, só para prestar atenção no que ela fazia. Seriam aproximadamente duas horas e meia de aprendizado intensivo, já contando com possíveis engarrafamentos. Achei até bom, pois ficaria mais confortável sozinha no banco de trás. O meu irmão é muito espaçoso!

— Mãe, falta pouco para eu fazer 18 anos. Aí vou poder tirar a carteira de motorista — ele falou, todo animado.

— Sim, falta pouco, mas nem se empolgue muito. — Minha mãe riu do jeito dele.

— Por quê, posso saber? — ele franziu a testa.

— Antes você vai para uma autoescola. E, depois que tirar a carteira, ainda vai ter que passar na minha autoescola particular.

— Você vai me fiscalizar, mãe? Não acredito! — A revolta dele foi tão grande que a voz saiu toda esquisita, fazendo a gente rir.

— Hahahahaha! É, meu irmão, está pensando que vai sair por aí assim, fácil?

— Não enche, Thaís. Você só tem 14 anos e não sabe de nada.

— Não sou tão mais nova que você, viu? — Dei um cutucão no ombro dele. — Você é que é muito folgado!

— Querem parar, os dois? Agora. — Minha mãe ficou séria e deu a bronca fazendo um esforço danado para demonstrar autoridade, mas estava claro que ela queria cair na gargalhada. — Vocês estão me desconcentrando da estrada.

Meu irmão é meio metidinho a conquistador. As meninas suspiram quando ele passa. Ele é bonito sim, mas eu não fico falando para não deixá-lo ainda mais metido. Ele tem os cabelos castanhos e cacheados do meu pai. Os olhos são bem pretos, e aparecem covinhas quando ele ri. Eu tenho os mesmos olhos pretos de jabuticaba, como diz a minha avó. Mas meus cabelos são como os da minha mãe, castanho-claros, meio ondulados no comprimento e com cachos nas pontas. Gosto de usar compridos, apesar do trabalho que dá para cuidar.

Tudo bem, tudo bem, eu assumo. Eu adoro o meu irmão, apesar de ele ser um tantinho implicante. Ele é lindo e inteligente. Quer fazer medicina. Apesar de todos falarem que passar no vestibular é muito difícil, acredito que ele não vai ter dificuldades. Imagino as pacientes tendo verdadeiros ataques do coração durante as consultas...

Não tinha engarrafamento, o que significava que chegaríamos antes do previsto. Mas a estrada estava movimentada. Eu olhava o trânsito distraída, pensando na minha nova rotina, quando minha mãe comentou, toda animada:

— Thaís, o novo colégio é muito maior que o outro. O Sidney foi comigo na pré-matrícula, quando você estava em período de provas. Ele adorou, e tenho certeza que você também vai gostar. E o melhor de tudo: filhos de funcionários públicos têm um bom desconto na mensalidade.

— Mamãe virou a rainha do desconto nos últimos tempos. Aaai! — bufei. — Fazer amigos tudo de novo... Que Deus me ajude! — suspirei.

— Você vai se dar bem. Tenta relaxar.

— E se só tiver gente metida, garotas chatas?

— Quer tentar ao menos pensar positivo? — Ela me olhou pelo retrovisor e fez uma careta.

— Você sabe que eu sou tímida, mãe.

— Não acho que você seja tímida. Acomodada, isso sim.

— Acomodada? — perguntei, um tanto confusa.

— É! Tem a mesma amiga desde os 5 anos de idade, se acomodou.

— Vou sentir tanta saudade da Fabi.

— A Fabiana é uma ótima garota. Ela pode ir para o Rio nas férias e ficar com a gente. Mas vai ser bom para você fazer novos amigos.

— Espero que tenha bastante mulher bonita por lá. Quero arrumar uma namorada — o Sidney falou, se ajeitando todo no banco do carro e fazendo pose de galã.

— Namorada? Você? Essa é boa! — alfinetei.

— Não entendi o deboche. — Ele fez cara feia.

— Você não quer nada sério com ninguém. Só deixa as pobres garotas indefesas apaixonadas. — A minha mãe riu.

— Hummm... — Ele fez a típica expressão de superior, de quando quer se mostrar adulto. — Eu decidi mudar. Não vamos ter tudo novo agora? Então... Vou ser um novo homem.

— Estou pagando pra ver! — Ri e aproveitei para descabelar o Sidney, já que ele é todo fresco com aquele cabelo. É tão bom provocar o meu irmão...

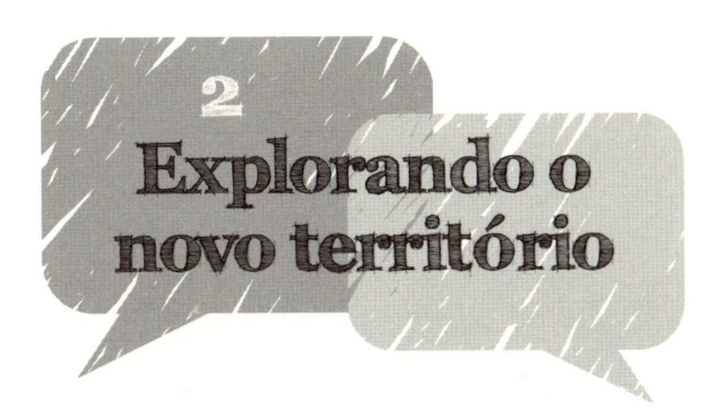

Bairro da Tijuca, zona Norte. Meu irmão não gostou muito. Ele queria morar perto da praia, em Copacabana ou Ipanema. Ou mesmo em um daqueles condomínios da Barra com direito a piscina, salão de jogos, quadras e tudo o mais.

— Sidney, se você queria morar perto da praia, acredite: esse também era um desejo meu. — Minha mãe tentou acalmar os ânimos dele. — Mas, com o dinheiro que conseguimos pela venda da casa, nem sonhando dava para morar na zona Sul. Muito menos na Barra, com todo o engarrafamento. De metrô vou chegar ao Ministério Público em quinze minutos.

— Ah, mãe! — Ele continuava emburrado. — Vir morar no Rio e não poder atravessar a rua para chegar à praia é a mesma coisa que ir para Nova York e não visitar o Central Park.

— No carro você estava todo se dizendo adulto e agora está tendo um ataque ridículo e infantil. — Ela fez cara de brava, e nem me atrevi a comentar nada, fiquei só observando. — E olha que o apartamento aqui não foi baratinho não. É só pegar o metrô que em meia hora você está nas suas tão queridas ondas do mar. A Tijuca é um bairro ótimo, bem central, com transpor-

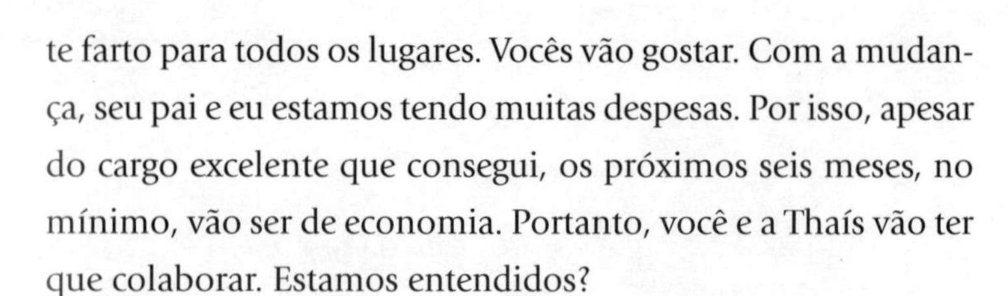

te farto para todos os lugares. Vocês vão gostar. Com a mudança, seu pai e eu estamos tendo muitas despesas. Por isso, apesar do cargo excelente que consegui, os próximos seis meses, no mínimo, vão ser de economia. Portanto, você e a Thaís vão ter que colaborar. Estamos entendidos?

Outra coisa para deixar o Sidney ainda mais furioso: os nossos celulares não funcionam mais. Pelo menos por enquanto. Como Volta Redonda tem outro DDD, minha mãe cancelou a nossa conta para fazer um novo plano familiar no Rio e simplesmente não nos avisou. Quando ela falou que teríamos que economizar, não pensei que seria tanto!

A nossa rua fica perto da Praça Saens Peña, principal praça do bairro, a uns cinco minutinhos a pé da estação mais próxima do metrô. O prédio é bem bonito. É azul, tem um pequeno jardim na frente e os portões são pintados de branco. Quando estacionamos, o caminhão da mudança já estava esperando que a gente chegasse com as chaves. Logo tudo começou a subir para o terceiro andar pelo elevador de serviço. O Sidney ficou ajudando a minha mãe a orientar o pessoal da transportadora na montagem dos móveis e na distribuição das caixas entre os cômodos. Com a ausência do meu pai, ele quis bancar o *homenzinho* da família, ainda mais depois da bronca da mamãe.

Enquanto montavam o meu armário, dei uma espiada pela janela. A vista do meu quarto era ótima, eu tinha visão panorâmica de toda a rua. Os prédios vizinhos eram bonitos, alguns com varandas amplas e mesinhas ou redes. Humm... Cochilar na rede é bom! Olhando um pouquinho mais para a esquerda, dava para ver a avenida principal e parte do comércio. Aquela região tinha um trânsito intenso. A nossa antiga rua era bem tranquila, agora vou ter que me acostumar com o barulho dos carros e das buzinas.

Sinceramente não sei o que é pior, encaixotar ou ter que arrumar tudo de novo. Mas até que o meu quarto estava ficando bem legal. Finalmente eu tinha uma escrivaninha só minha! Poderia fazer as lições do colégio sossegada, sem o volume da televisão me atrapalhando. Como o meu antigo quarto era menor, eu fazia as lições na mesa da sala, e a televisão estava sempre ligada. Em dias de futebol, eu era obrigada a ficar no quarto e me ajeitava como podia.

Olhei para as paredes, pintadas de um lilás clarinho, e pensei em pregar os pôsteres do Dinho Motta de novo. Mas de repente me senti tão infantil! Sentimento esquisito... Achei melhor deixar tudo guardado por enquanto. Resolveria essa questão depois. Quando os funcionários da transportadora foram embora, não esperei nem mais um minuto e resolvi sair.

— Mãe, como ainda não temos telefone fixo e os nossos celulares estão completamente falecidos, vou até o orelhão ligar para a Fabiana.

— Tudo bem. Amanhã vou dar um jeito nos nossos celulares, prometo. Tome esse dinheiro e compre um lanche pra gente na padaria quando voltar. Pão, queijo, presunto, leite, suco e um refrigerante. O gás é de rua e só vão instalar amanhã. Só aí vamos fazer as compras de supermercado. Já é tarde e estou morta de cansaço.

O trânsito estava congestionado. E, com isso, o som das buzinas era frenético. Além do calor escaldante de janeiro. Fui até a banca de jornais da esquina e comprei um cartão telefônico. Juro que fiquei alguns segundos olhando para o telefone pú-

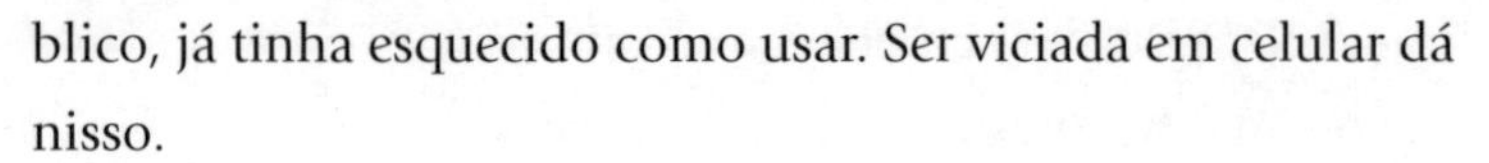

blico, já tinha esquecido como usar. Ser viciada em celular dá nisso.

— Alô? — Tão bom ouvir a voz da minha melhor amiga, deu até vontade de chorar.

— Fabi! Saudades de mim?

— Oi, amigaaaaaa! — ela gritou do outro lado da linha. — Claro que estou com saudades. Como estão as coisas?

— Bem. Acabaram de montar os móveis. Ainda estamos sem telefone em casa. Estou no orelhão perto do meu prédio.

— Percebi pelo barulho da rua. Movimentado aí, hein? Mas não tem problema, o importante é que você ligou. E o quarto novo? Ficou legal?

— Ficou bem legal! Assim que puder tiro várias fotos e te mando. Estou sem internet no celular por enquanto. Aliás, sem internet em lugar nenhum.

— Se você quer saber, estou até com inveja.

— Inveja? — perguntei, confusa. — De ficar sem internet?! Estou me sentindo isolada do mundo, tendo crises de abstinência tecnológica.

— Não, garota! — ela riu. — Essa cidade está uma chatice só sem você. Sempre as mesmas coisas acontecem. Tudo bem, estou sendo dramática. Tem só algumas horas que você se mudou, hahaha! Você vai conhecer gente nova. É disso que estou com inveja.

— É isso que está me deixando com medo. E se eu não gostar de ninguém? E se ninguém gostar de mim?

— Ai, sério que você ainda está nesse mimimi eterno? Por favor, hein? Não estou reconhecendo a minha amiga Thaís. Você nunca foi medrosa.

— Esqueceu daquela vez que eu saí correndo porque uma aranha caiu no meu cabelo? — Dei risada.

— Mas isso não vale! Qualquer um ia correr por causa de uma aranha no cabelo.

— Eu te contei? Tenho uma escrivaninha agora! Meu quarto é maior que o antigo. Ah, sim! E várias prateleiras para os meus livros e revistas.

— É mesmo. De quem vou pegar livros e revistas emprestados agora? — Ela fez uma voz dengosa, fingindo chorar. — Vou ter que começar a minha própria coleção. E o seu irmão? Enchendo muito a paciência?

— Daquele mesmo jeito que você conhece. Senão, não seria o Sidney.

— Já conheceu a nova escola?

— Claro que não! Não deu tempo ainda. Fabi, preciso desligar agora. Só queria contar que cheguei sã e salva no Rio de Janeiro. Preciso passar na padaria antes de voltar para casa.

— Tudo bem. Mas não deixa de ligar. Já estou com saudades!

— Vou ligar sim, pode deixar! Também já estou morrendo de saudades. Beijo!

— Beijo, amiga!

A padaria na esquina da minha rua é maravilhosa. Entrei e arregalei os olhos, como nos desenhos animados. Já vi que vou me viciar rapidinho no pão doce de coco. Hummm... Cheio de creme em cima, que tentação! Enquanto caminhava de volta para casa, apesar de estar meio atrapalhada com as sacolas, não resisti e peguei um pedacinho do pão doce, que vim comendo pelo caminho. Fiquei tão distraída lambendo o dedo que não percebi que estavam segurando o portão do prédio para mim.

Era um garoto da minha idade, meio ruivinho e com olhos verdes incríveis.

— Oi! Foi a sua mudança que chegou hoje? — ele falou, todo simpático. Uaaau! Jura que eu tenho um vizinho gatinho assim? Vou parar de reclamar a partir de agora.

— Foi! Acabei de mudar para o 301. — Tentei ser simpática no mesmo nível que ele. — Meu nome é Thaís.

— E o meu é Pedro. Eu moro no 502. Prazer. — Ele abriu um sorriso lindo, e nesse momento o elevador chegou. — Deixa que eu abro, você está carregada de coisas.

— Obrigada!

A porta do elevador fechou e olhamos um para o outro num silêncio absurdamente constrangedor de uns dez segundos.

— Você estuda no Colégio Portobello? — Ele apertou os olhos, como se tentasse se lembrar de mim.

— Vou estudar. — Fiz que sim com a cabeça. — Sou nova na cidade também. Minha mãe me matriculou nesse colégio.

— Que bom. Eu estudo lá também.

— Que legal! — Sorte dupla. Eu nem acredito! Ahhh, quando eu contar para a Fabi... Empurrei a porta do elevador com o joelho, já que minhas mãos estavam cheias de sacolas. — A gente se vê por aí.

— A gente se vê. — Ele sorriu e a porta do elevador fechou.

Fiquei paralisada, como que em estado de choque. Onde ele conseguiu aquele verde dos olhos, tão, tão, tão... verde? Fiquei até sem palavras. Ao chegar em casa, não sei bem por quê, preferi não contar nada sobre o vizinho. Lanchei e cometi um dos atos mais porquinhos dos últimos tempos: simplesmente capotei de tão cansada, sem tomar banho antes de dormir.

3
Na dúvida, basta seguir o manual

Como as cortinas ainda não estavam instaladas, quando os primeiros raios de sol bateram na janela, acordei meio assustada. Esfreguei os olhos, observei as paredes sem os pôsteres do Dinho Motta e lembrei que estava na casa nova. Ainda nem tinham dado sete horas, bem cedo para os meus padrões de férias, mas resolvi levantar de uma vez.

Tinha feito bastante calor à noite e acordei molhada de suor, mesmo com o ventilador ligado em cima de mim. Outra economia anunciada pela mamãe: nada de ar-condicionado, pelo menos até o ano que vem. "Três quartos com ar-condicionado? Vou ter que trabalhar só para pagar a conta de luz!" Ô assuntinho chato esse das contas. Já tinham me avisado que o bairro era quente e comecei a acreditar. Como a companhia de gás só chegaria dali a duas horas, resolvi tomar um banho frio mesmo. Pela primeira vez na vida eu não tinha chuveiro elétrico e estava curiosa para saber como ele funcionaria a gás. A ducha é simplesmente maravilhosa, parece que estou tomando banho de cachoeira. O banho foi refrescante e logo eu já estava desperta, me sentindo nova.

O Sidney tinha deixado a porta do quarto dele aberta e estava lá desmaiado, mesmo com o sol entrando pela janela. Pensei na legião de fãs que ele tem e em como elas iam amar ver o meu irmão naquela pose. Nem parecia o implicante de sempre, e sim um anjinho lindo dormindo.

Quando entrei na cozinha, minha mãe comia pão com queijo e presunto e tomava o suco que eu tinha trazido da padaria.

— Bom dia, mãe. — Dei um beijo nos cabelos dela.

— Bom dia, filha. — Ela sorriu e apontou para a cadeira vazia. — Vem tomar café comigo. Logo o pessoal da companhia de gás aparece e já vamos poder cozinhar alguma coisa. Dormiu bem?

— Dormi sim. — Fiz o mesmo sanduíche para mim e dei uma bela mordida. — E você?

— Mais ou menos. Preocupada com o tanto de coisas pra fazer. Hoje é quinta-feira e só tenho até amanhã para resolver tudo. Começo a trabalhar na segunda.

Duas horas depois, o fogão e o aquecedor de água estavam funcionando. As cortinas só seriam instaladas no dia seguinte. Apesar dos protestos da minha mãe, coloquei um lençol na janela.

— Nossa, que coisa mais cafona, Thaís, que horror! Troque de roupa no banheiro.

Um dia de *cafonice* não vai matar ninguém. Antes cafona que ficar pelada para os novos vizinhos. Eu me arrumei para ir conhecer o famoso Colégio Portobello. Apesar de preferir usar shorts e camiseta, por causa do calor, resolvi colocar calça jeans, tênis e uma blusinha de meia manga. Queria causar uma boa impressão na coordenadora. Prendi os cabelos num rabo de cavalo, passei lápis no olho e um batom clarinho.

Minha mãe saiu da garagem com o carro e eu liguei o rádio. Enquanto tentava sintonizar uma estação interessante, ela começou com seus papos otimistas.

— Thaís, tenho certeza que você vai gostar de lá. Já estou vendo você cercada de novos amigos.

— Deu pra ser vidente agora?

— Quer parar com o deboche? — Ela fingiu que ficou brava e fez cara feia para mim. — Estou tentando te dar uma força.

— Desculpa. — Soltei um beijinho no ar.

— Chegamos! Vamos falar com a coordenadora. — Ela buzinou e um segurança abriu o portão do colégio, para que ela estacionasse do lado de dentro.

— Mas já? — perguntei, espantada. — Nem consegui ouvir uma música inteira no rádio.

— É muito perto. Você vai poder vir a pé todo dia. Só vim de carro porque precisamos ir a outros lugares depois.

O colégio era realmente grande. Se já era assustador vazio, imaginei com centenas de alunos caminhando por aqueles corredores. O verbo "economizar", tão conjugado ultimamente lá em casa, não serviria para esse caso. Não perguntei, mas desconfiava de que a mensalidade devia ser uma pequena fortuna. Minha mãe pediu licença e entrou na sala da coordenadora.

— Bom dia, Celina — ela falou sorridente e olhou para mim. — Agora vou ter a oportunidade de conhecer a sua filha, já que conheci o Sidney na sua última visita.

— Sim, Adelaide. Essa é a minha filha, Thaís.

— Seja bem-vinda ao Colégio Portobello, Thaís. Aqui será a sua nova casa, minha querida.

— Obrigada — respondi com educação. Ela aparentava ser bem mais velha que a minha mãe e usava um vestido preto e

branco. Os cabelos eram curtos, pintados de loiro, e os brincos enormes. Ela tentava demonstrar simpatia, mas desconfiei que por trás do sorriso ela fosse daquelas que gostam de mandar uma bela advertência para casa.

— Celina, conforme conversamos na ocasião da pré-matrícula, tenho certeza que seus filhos terão uma ótima adaptação ao nosso colégio. Como você pode perceber, temos amplas instalações, além de atividades extracurriculares excelentes. Aqui nós incentivamos a prática de esportes e atividades culturais. Dentro de duas semanas as aulas recomeçam, e tudo está sendo organizado para que os alunos sejam bem recebidos.

Fiquei olhando ao redor da sala. Tinha vários quadros com fotos de ex-alunos nas paredes. Uma delas era de 1940! Engraçado ver fotos antigas — você nota como as pessoas eram diferentes. Não é só pelo fato de serem em preto e branco. Sei lá, os traços do rosto, os cortes de cabelo... Do lado direito da sala, a foto maior mostrava um homem grisalho de bigode, que devia ser o fundador do colégio. Na parte de baixo da moldura, uma placa dourada exibia o nome "Cláudio Henrique do Portobello".

— Ah, isso é verdade. Não é, Thaís? — Fui arrancada de meus pensamentos.

— É... — Olhei confusa e um tanto constrangida para as duas. — O que é verdade, mãe?

— Esses jovens... Sempre distraídos. Me desculpe, Adelaide. — Ela sorriu, mas me lançou aquela arregalada de olhos, como quem diz: "Não me faça passar vergonha!"

— Não precisa se desculpar, Celina. Tenho trinta e cinco anos de experiência com essa garotada. Vivem no mundo da lua!

Thaís, pegue esse pequeno manual. Aqui você vai encontrar as regras do colégio. Basta segui-las e terá momentos felizes por aqui.

— Imagino que sim... — Tentei ao menos sorrir para demonstrar entusiasmo.

— O nosso uniforme é simples. A camisa é branca, com detalhes verdes. A calça jeans deve ser escura, sem brilhos ou adesivos coloridos. O tênis branco, sempre impecavelmente limpo.

— Sim, senhora. — Deixei um sorriso colado no rosto para que ela não notasse meu nervosismo.

— Ah, sim! E nada de usar o celular durante as aulas, mocinha. — Ela sacudiu o dedo, dando ênfase ao *mocinha*. — Entrou no colégio, desligue-o imediatamente. Na hora do intervalo pode usar, mas depois deve manter desligado. Os professores têm ordens expressas para notificar os alunos que usarem o aparelho fora do horário permitido. Viu? Regras simples, nada difíceis.

— Sim, senhora. — Era a única coisa que eu conseguia falar.

Ela sorriu para mim, deu a volta na mesa e pegou o telefone.

— Rubens? Aqui é Adelaide. Por favor, leve uma aluna nova e a mãe dela para conhecerem as dependências do colégio. Elas estão aguardando aqui na minha sala.

Continuei sorrindo para ela, mas senti que minhas bochechas começavam a doer. Eu tenho esse tique nervoso. Sorrio descontroladamente em situações de estresse. A Fabi já sabe logo que eu estou nervosa só de ver o meu sorriso de boba alegre.

Se as regrinhas básicas da dona Adelaide já estavam chatíssimas, imagine o manual. Dobrei e coloquei no bolso da calça jeans. O tal Rubens nos mostrou o colégio todo. Era lindo!

E enorme! Em questão de dias estaria repleto de gente. O Rubens nos contou que o colégio tinha mais de cem anos. O tal Cláudio Henrique do Portobello, o fundador, era muito rico e o construiu praticamente sozinho. Fiquei sabendo que a coordenadora, a Adelaide, é sobrinha-neta dele. Cada prédio tinha três andares, com muitas salas de aula. Uma biblioteca enorme, sala de informática, laboratório de química e um auditório com duzentos lugares. Logo depois dos prédios da frente, vinham a cantina, as quadras de esportes descobertas e um ginásio. O prédio do ensino médio era mais novo, tinha uns vinte anos. Eles compraram a casa que ficava nos fundos do colégio e fizeram a ampliação. Muitas árvores, jardins e bancos. Dava para se perder lá dentro.

A Fabi ia amar o Portobello! Bem que eu podia ter trazido a minha melhor amiga na mala...

Depois da confirmação da minha matrícula e de recebermos a lista de material escolar, formos ao Shopping Tijuca. Parecia legal. Será que era ali que a galera se reunia?

— Vamos fazer um lanche rápido, pois ainda precisamos comprar os uniformes e os livros. — Minha mãe franziu a testa e me encarou. — Que cara feia é essa, Thaís?

— Cara feia? — bufei. — Por que o Sidney não vai comprar o material com a gente? Viu como ele é folgado? Sempre sobra tudo pra mim!

— Filha, não começa. Você já está bem grandinha pra ficar fazendo birra igual criança. Você já é uma adolescente, comporte-se como tal.

— Hummm... E como uma adolescente se comporta?

— Como uma adolescente se comporta? Ora... — Ela fez uma pausa para conter o riso. Minha mãe sempre quer parecer durona na hora das broncas, mas acha graça de tudo. — É... Em primeiro lugar, é obediente. Não está escrito naquele monte de livros que você lê?

— Ãhã. — Ri. — Sei.

— Thaís, eu não sou desatenta. Eu sei o que você está sentindo. Mas tente se colocar no meu lugar pelo menos um pouquinho. É tudo novo para mim também.

— Desculpa, mãe. — Suspirei.

— Você acha que eu também não estou aflita e com medo? Tenho que me acostumar com essa nova situação também.

— É verdade, mãe. São muitas coisas novas de uma vez só. — Ela deu um longo suspiro e continuou me encarando. — Sabia que eu sou sua fã? — Apertei suas bochechas, o que a fez rir, e a enchi de beijos. — Vou aprender a ser corajosa assim, que nem você.

— Além da mudança de cidade, sinto que tem algo mais te incomodando. O que é? Não é possível que seja saudade da Fabi. Por favor, hein?

— Também, mas... Era tão bom quando eu só pensava nas minhas bonecas e nas músicas do Dinho Motta. Agora é tudo mais complicado.

— Todas as fases da vida são importantes. Cada uma com seus desafios. O que não podemos é esperar que as coisas se resolvam sozinhas. Portanto você vai enfrentar o medo da escola nova, e eu, o desafio do emprego novo. Combinado?

— A gente podia ter uma cópia nossa, hein? Um clone! Uma outra pessoa igualzinha, só para fazer as partes chatas. Aí a gente podia ficar em casa dormindo.

— Muito engraçadinha você. Mas falando sério agora, filha. Está passando um milhão de coisas ao mesmo tempo na minha

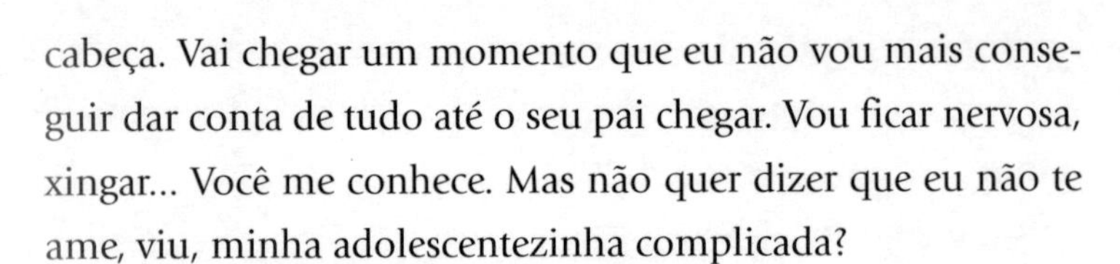

cabeça. Vai chegar um momento que eu não vou mais conseguir dar conta de tudo até o seu pai chegar. Vou ficar nervosa, xingar... Você me conhece. Mas não quer dizer que eu não te ame, viu, minha adolescentezinha complicada?

— Eu também te amo, minha adultazinha não menos complicada!

Assim que saímos da praça de alimentação do shopping, vi que ali perto tinha uma loja da nossa antiga operadora de celular. Fiz uma cara de coitada tão grande que minha mãe não teve como recusar e entramos lá.

A atendente falou que não havia necessidade de ter cancelado as nossas linhas. A minha mãe fez uma cara de "ih, fiz besteira" e me olhou meio de lado. Mas, apesar disso, tivemos uma grande vantagem. Como o titular do outro plano era o meu pai, no sistema minha mãe era uma cliente nova, e eles estavam com uma promoção ótima para novos clientes. Com o plano familiar para quatro pessoas, as tarifas eram reduzidas, e ganharíamos dois aparelhos. Quando a atendente mostrou os modelos, meu coração disparou. Eram muito melhores que o meu! E um dos modelos tinha na cor lilás! Da mesma corzinha linda das paredes do meu quarto novo. Todas as promoções que eu já tinha visto davam celulares bem simples e até meio feios, mas aqueles eram realmente bons.

— Mãe, por favor, por favoooor. — Eu parecia uma criança de 5 anos puxando a barra da saia da mãe por causa de um doce. — O meu aparelho é muito antigo, as fotos saem com uma qualidade horrível! Você não vai querer que eu passe vergonha com meus novos amigos do colégio com um celular totalmente ultrapassado, não é mesmo? Você viu como aquele colégio é enorme e todo pomposo. As meninas de lá devem andar na última moda. Você não disse que precisamos economizar? Então! Celular novinho e de graça, mãe? Please, pleeeeease!!!

A atendente, louca para fechar negócio, sorria para a minha mãe, me dando apoio moral. Sei que fui meio chantagista emocional levantando a possibilidade de ser discriminada por causa de um modelo mais antigo de celular, mas não podia perder a oportunidade. Como ela havia prometido resolver logo a questão, aceitou a oferta! Não me segurei e comecei a bater palmas na loja, chamando a atenção dos outros clientes. Habilitamos todas as linhas e pegamos um modelo preto para o Sidney. Mas ela fez questão de deixar bem claro quanto cada um de nós poderia gastar com ligações. Não daria para falar quase nada!

— Fique tranquila, Thaís. — A atendente, vendo que eu tinha fechado a cara de raiva, quis logo apaziguar os ânimos. — Você já vai sair daqui falando. E, com todos os aplicativos de redes sociais e mensagens instantâneas, você vai ver que o seu crédito mensal vai durar, eu garanto.

Ela configurou tudo e, quando finalmente peguei o meu celular novo, quase tive um treco de tanta alegria. Era lindo!

Voltamos para casa no final do dia carregadas de sacolas de livros e uniformes. Eu estava exausta. Só então pude dar uma parada e mandar uma mensagem para a Fabiana.

> Fabi, este é o meu novo número de celular! E ganhei um aparelho novo, uhuuuu! Vou tirar umas fotos do meu quarto novo e já te mando. Bjos, Thaís

Fui tomar banho e, quando voltei para o quarto, ela já tinha respondido.

> Obaaaaa! Agora vamos poder conversar mais. Manda logo essas fotos que não estou aguentando de curiosidade!

Eu conheço a Fabi desde os 5 anos. Nossas mães trabalhavam juntas e acabei indo na festinha de aniversário dela. Apesar de ser pequena, lembro que a minha mãe comprou uma boneca de presente para a Fabi, e a minha inveja foi tamanha que ela teve que comprar uma igual para mim. Ficamos amigas logo de cara, e esta é a primeira vez que nos separamos. Aí vem a pergunta: Será que a amizade verdadeira resiste à distância? Espero que sim!

Tirei várias fotos, inclusive da vista da janela do meu quarto, para que a Fabi conhecesse a minha rua nova. Quando cheguei perto da janela, vi que o Pedro estava andando de skate. A minha vontade era de tentar tirar uma foto dele, mas fiquei com medo de ser pega. Ainda mais porque ele olhou para cima e me viu na janela! Ele sorriu e me deu tchauzinho. Ai, meu Deus! Sorri e acenei de volta. Que perfeito! Ele estava com uma bermuda preta e camiseta verde. De perto a combinação com os olhos verdes devia estar incrível. Ai, ai...

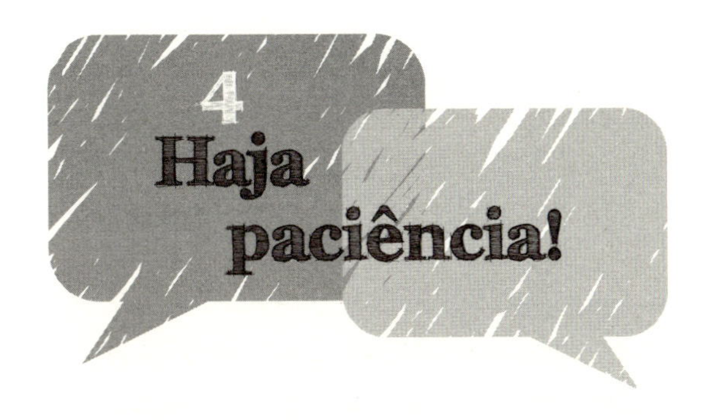

4 Haja paciência!

Cinco dias depois, as coisas estavam mais arrumadas em casa — agora não parecia mais que um furacão tinha passado por lá. As cortinas do meu quarto já estavam no lugar. O uniforme e os livros, arrumadinhos. A única coisa que faltava era o telefone fixo. Não entendo como, em pleno século XXI, ainda demoram tanto para instalar um simples telefone. A minha mãe, claro, obcecada por um bom desconto, contratou uma operadora que oferecia telefone fixo, internet banda larga e TV a cabo, tudo junto. Ou seja, por enquanto, nada de telefone nem internet em casa, e canais, só os da TV aberta. A internet do celular até que é boa, mas ficar o dia inteiro nas redes sociais ou trocando mensagens cansa. Para passar o tempo, comecei a reler os meus livros e revistas, principalmente as dicas de comportamento. Queria estar preparada para a minha nova fase carioca! Na teoria, como eu já disse, sei praticamente tudo sobre namoro, garotos, encontros, como fazer amigos e me dar bem em várias situações. Vamos ver se na prática as coisas vão funcionar.

Fiquei com saudades do meu pai e da Fabi. Queria ouvir a voz dos dois. Como ainda tinha crédito no cartão telefônico que havia comprado, resolvi ir até o orelhão de novo.

— Pai?

— Filha, que bom que ligou! Como vão as coisas?

— Tudo bem. Agora o apartamento está ficando mais arrumadinho. Estou com saudades. Vem logo!

— Eu também estou! As coisas aqui já estão bem adiantadas. Acho que consigo ir antes do previsto, logo mais estou com vocês. E as aulas?

— Vão começar daqui a cinco dias.

— Você vai se dar bem. Seja legal com todos e não faça bagunça em sala de aula.

— Hahahaha! Bagunça, logo eu? Tá bom, pode deixar. Prometo não derrubar ninguém nem puxar o cabelo das garotas.

— Muito engraçadinha essa minha filha!

— E o Sansão? Saudades do meu cachorro...

— Ele está bem. No início, claro, ficou meio tristinho, mas as crianças da vizinhança fazem companhia pra ele. Sabe como a sua avó adora inventar um doce ou um lanche para as crianças da rua.

— Hummm... Pede pra vovó mandar um pote bem grande de ambrosia? Só ela sabe fazer do jeito que eu gosto. Preciso desligar, pai. Foi bem rapidinho mesmo. Ainda vou ligar para a Fabi. Vem logo pra cá! Beijo, pai.

— Já estou chegando! Beijo, querida.

Quando estava me preparando para ligar para a Fabiana, eis que o Pedro aparece no portão do prédio com seus olhos verdes estonteantes. Estava com mais dois amigos, cada um com um skate. Ele olhou para mim e acenou. Acenei de volta. Os outros dois olharam, mas nem prestei muita atenção. Ai, ai... E ele disse que estuda no mesmo colégio que eu. Será que vamos cair na mesma turma? Desse jeito vai ser difícil estudar...

— Fabi?

— Amigaaaaaaa! Que bom que ligou!

— Não instalaram nosso telefone fixo ainda. E pelo celular fica impossível fazer interurbano.

— Percebi pelo barulho dos carros que você estava no orelhão de novo. Quero saber! E as aulas?

— Vão começar em cinco dias.

— Tomara que o colégio tenha muitos garotos lindos pra você olhar.

— Na verdade, já tenho um bem bonito pra olhar, viu?

— Sério?! Já ficou com alguém, Thaís? — ela deu um grito tão alto que tive que afastar o fone do ouvido.

— Que ficar o quê, Fabi? Não fiquei com ninguém. Continuo BV do mesmo jeitinho. Eu sou simplesmente a vergonha nacional.

— Ué, não entendi! Explica melhor.

— Espera, vou explicar. Só um segundo. — *Tum!* — Aiiiiii, que droga!

— Thaís? Aconteceu alguma coisa? Thaís? Que barulho foi esse? Você está aí? Alouuu?!

— Estou aqui! — falei com dificuldade. — Bati a cabeça no orelhão.

— Bateu a cabeça? Hahahahaha! Já está pagando micos cariocas, Thaís? Que vergonha.

— Eu fui olhar em volta pra checar se podia te contar a fofoca e, quando fui falar de novo, bati a cabeça.

— Só você mesmo pra pagar um mico dessa categoria. Anda, conta logo!

— Tem um garoto lindo no meu prédio. Ele estava parado no portão, foi isso que eu fui olhar. Ele já saiu, então posso te contar sem perigo agora. Ele tem os olhos verdes mais lindos que eu já vi na vida!

— Ah, sério? — Ela deu gritinhos histéricos. — Conta mais!

— Falei muito pouco com ele, mas já sei que vamos estudar no mesmo colégio. Estou torcendo para que ele seja da minha turma. Não tivemos uma grande conversa nem nada, não sei muita coisa sobre ele, só trocamos sorrisos e ois por enquanto. Além de bonito, ele parece legal. E ainda anda de skate.

— Ai, que tudo! Já pensou se ele for justamente do seu ano? Assim que você se enturmar, não esquece de tirar fotos para me mandar. Estou curiosa! Não tem o perfil dele pra gente fuçar?

— Calma, Fabi! Eu mal falei com o garoto, como é que vou fuçar o perfil dele se só sei o primeiro nome? Quantos Pedros você acha que existem no Rio de Janeiro? Milhares! Hahahaha! Mas pode deixar que vou tirar muitas fotos. — Um sinal sonoro me chamou a atenção e olhei para o visor do telefone. — Os créditos acabaram, a ligação vai cair. Um beijo, amiga.

— Um milhão de beijos pra você!

Quando fui entrar no prédio, o porteiro não estava lá na frente para abrir o portão. Tentei dar uma olhada dentro da portaria, mas, como o vidro é fumê, não consegui enxergar nada. Por sorte, a mamãe tinha feito chaves extras. Assim que enfiei a chave no portão, um rapaz com um crachá da companhia de luz me cumprimentou.

— Oi, menina. Você mora aqui, certo?

— Moro. — Olhei o crachá de identificação e vi que ele se chamava Luis. Estava suado e com cara de cansado.

— Pode deixar essas contas aí na mesa do porteiro? Estou muito atrasado, se for esperar ele chegar pra receber... Pode fazer esse favor pra mim?

Achei que não tinha nada de mais em fazer o favor. Peguei as contas e ele abriu um sorriso enorme em agradecimento. Entrei na portaria, deixei tudo em cima da mesa e já ia me dirigindo para o hall dos elevadores quando tive uma ideia. Já que estava sozinha ali, resolvi voltar para olhar as contas. Fui direto à do apartamento 502, que estava em nome de Carlos Machado de Carvalho. Será que é o pai do Pedro? Coloquei a conta no lugar e peguei o elevador. Comecei a rir sozinha da minha *travessura*.

Cheguei em casa e o Sidney estava esparramado no sofá. Eu não sabia o que estava acontecendo. Ele estava cada dia mais folgado. Devia ser porque não tinha feito amigos ainda. Para quem disse que queria arrumar uma namorada, não ia conseguir entocado em casa. Nas poucas excursões que fiz pelo bairro, para conhecer a área, ele não quis me acompanhar. Em Volta Redonda ele vivia na rua, no clube, paquerando as garotas e jogando bola. Agora, estava sempre com essa cara de tédio. Nem a barba fazia mais. E as coisas dele espalhadas pela casa? Outro dia eu quase caí porque tropecei em um de seus tênis, que estavam no meio do caminho.

— Sidney, está vendo o que na televisão?

— Pra falar a verdade nem sei direito. É um filme velho, sei lá. Saco cheio, sabia? Nada pra fazer, vontade de sumir.

— Você anda muito mal-humorado! Acabei de ligar pro papai e pra Fabi.

— Pra que ficar ligando pras pessoas toda hora? Você vai acabar gastando toda a sua mesada, que já é pouca, em telefonemas. Usa a internet do celular, larga de ser burra.

— Grosso! Que você fale da Fabi eu até entendo. Mas e o papai? Você não falou com ele desde que chegamos.

— Vou ligar. Amanhã eu ligo.

— Você não sente falta dele?

— Sinto. Mas não sou tão sentimental como você, que fica choramingando pela casa.

— Não estou falando para você virar um bebê chorão, só para ligar pro seu pai.

— Eu não falei que vou ligar amanhã? Então não enche mais o meu saco!

— O que vocês dois já estão discutindo aí, hein? — Minha mãe apareceu na sala com cara de brava. — Todo dia é isso agora? Vocês já estão bem grandinhos para ficar de castigo. Vamos parar com isso agora.

— É o Sidney que está muito chato! Está precisando de uma namorada com urgência. Mas ficando em casa feito um caramujo é que não vai arranjar.

— Olha só quem fala! E você, que nunca namorou? Já está ficando velhinha, hein, Thaís? Vai ficar encalhada desse jeito.

— Chega, Sidney! — a mamãe deu a bronca final. — Vá pegar as suas coisas espalhadas pela casa agora! Eu trabalho o dia inteiro, e o mínimo que eu quero é encontrar a casa arrumada quando chego. Era só o que me faltava, ficar catando coisas espalhadas de um homem desse tamanho. E vá fazer essa barba!

Fui para o meu quarto morrendo de raiva. Fechei a porta para não ouvir mais a voz dele. O Sidney estava in-su-por-tá-vel! Que audácia me chamar de encalhada. Que ódio! Rezei para que ele fizesse muitos amigos quando as aulas começassem para largar um pouco do meu pé. Deitei de costas na cama, fechei os olhos e tentei acalmar a respiração. Uns dois minutinhos depois, a minha mãe entrou no quarto.

— Thaís, podemos conversar?

— Tudo bem, mas feche a porta, por favor.

— Você e o seu irmão precisam parar de brigar. Está muito chata essa situação.

— Ele sempre começa, sempre! Tenho vontade de bater nele!

— E ia adiantar alguma coisa? Ele é maior que você, mais forte. E eu não concordo com esse tipo de comportamento!

— Então converse com o seu adorado filhinho e diga para ele parar de implicar comigo. Ele me chamou de encalhada!

— Não foi bem assim, vai? — Ela riu.

— Você está rindo de mim?

— Não! — Ela riu mais ainda. — Não estou rindo de você! Mas dessa situação toda. Fico me lembrando das brigas com o meu irmão na idade de vocês. O tempo passa, a geração é outra, mas parece tudo igual.

— Você me acha nova para namorar?

— Não. Ou você esqueceu que eu conheci o seu pai aos treze anos? Sei que hoje em dia é raro encontrar alguém que tenha casado com o primeiro namorado. Mas não acho que exista uma idade certa, e sim a maturidade certa. E eu acho que você já é madura o suficiente, apesar de nunca ter tido uma experiência concreta.

— Eu nunca tive namorado porque não me interessei pelos garotos da escola. Nem de lugar nenhum. O Sidney é que parece não ter a tal maturidade que você acabou de falar.

— Sério que você vai dar importância para o que o Sidney falou? Por acaso voltamos ao século XVIII, em que garotas de 14 anos já estavam casadas, e eu preciso estabelecer um dote pra você? Eu, hein? — ela estalou os dedos e fez uma cara engraçada. — Thaís, por falar em garotos... Eu vi um aqui no prédio com uns olhos verdes lindos. Você já viu? Peguei o elevador com ele outro dia e esqueci de comentar.

— Ãhã... Sei quem é...

— O que é isso que eu acabei de ver? Você ficou vermelha? — ela apontou para mim.

— Fiquei? — Foi a minha vez de rir. — Ah, é que eu tenho vergonha de falar desses assuntos...

— Vergonha de mim, filha? Era só o que faltava! Mas então? Ele não é bonito?

— É sim. O nome dele é Pedro.

— Pedro, é? Hummm... Já sabe até o nome. E eu crente que você estava distraída.

— Ah... É que eu cruzei com ele na portaria umas duas vezes, só isso. Nada de mais.

— Sei... — Ela fez cara de desconfiada, mas era a mais pura verdade, apenas encontros casuais na portaria. — Bom, vamos sair desse quarto e me ajudar na cozinha? Estou com uma vontade de comer batata frita!

— Batata frita, você? A rainha da salada?

— Ué, me deu vontade, oras! Vamos?

— Vamos!

O papo com a minha mãe me acalmou um pouco. Eu acho legal ela tentar ser minha amiga, sabe? A mãe da Fabiana é um pouco distante, elas quase nunca conversam. Enquanto a gente comia, lembrava de coisas engraçadas de quando eu era pequena. Vi um pouco de televisão e fui dormir. Acordei na manhã seguinte com o Sidney entrando no meu quarto.

— Já está acordada? Posso entrar?

— Pode. Estou acordada, mas com preguiça de levantar.

— Esse negócio de não ter o que fazer até as aulas começarem dá mais preguiça ainda.

— Verdade. Logo a gente vai aprender a andar sozinhos pela cidade. Mas o que você quer tão cedo?

— Pedir desculpa por ontem. E pelos outros dias também. Eu só tenho vontade de sumir e acabo descontando em você.

— Tudo bem... — Rio de Janeiro, prepare-se. Vai chover muito! O meu irmão pedindo desculpa? Acho que ainda não acordei, estou sonhando.

— Preciso confessar uma coisa... — ele continuou.

— Confessar? O quê?

— Eu não queria mudar pra cá. Pra mim estava bom do jeito que estava. Aquela empolgação toda era puro fingimento para não magoar a nossa mãe.

— Eu sei que é difícil, a gente ainda precisa se acostumar. É muita novidade de uma vez só.

— Bom, pelo menos a companhia telefônica finalmente vai vir instalar as coisas hoje à tarde. Ligaram no celular da mamãe. Disseram que, por causa das chuvas de verão, deu um problema na rede aqui na Tijuca, principalmente na nossa rua.

— Quer dizer que vamos ter telefone, internet e TV a cabo ainda hoje? Ah, que bom! — bati palmas.

— Também não aguentava mais! Tecnologia vicia, né?

Eu me ajeitei na cama e olhei para ele. A gente briga várias vezes por semana, mas ele é tão fofo que simplesmente não consigo ficar com raiva por muito tempo. Dei um longo suspiro e propus uma trégua:

— Vamos parar de brigar? Está ficando muito chato isso.

— Eu sei. Vou tentar me controlar. Prometo.

— Ótimo. Agora se manda do meu quarto que eu quero voltar a dormir. Dentro de alguns dias acabou a moleza, vamos ter que ir para o colégio.

— Verdade. Falou, irmãzinha.

Antes de sair, ele me deu um abraço bem apertado e fez cafuné no meu cabelo. Gostei do carinho. Que bom que ele desabafou comigo e reconheceu que estava sendo um tanto chatinho. Acho que daqui para frente as coisas vão melhorar entre nós.

Quando o técnico da companhia telefônica apareceu, finalmente, parecia um convidado famoso, recebido com todas as honras. Percebemos que ele ficou espantado, pois não deve ser tão bem tratado nas outras residências, hahaha! Oferecemos sanduíche, refrigerante e até bolo de chocolate. Uma hora depois, todos os lindos canais de filmes estavam funcionando, os canais de esportes do Sidney, o telefone fixo e a internet. Que alegria poder acessar as minhas coisas pelo notebook de novo! Fazia tempo que eu não via meus e-mails e, para minha surpresa, tinha um da Fabi. Ela tinha mandado de madrugada.

De: Fabiana Araújo
Para: Thaís dos Anjos
Assunto: Meu mundo caiu!

Amigaaaa!!
Você não sabe o que aconteceu, uma tragédia! Eu perdi meu celular. Não sei como foi, eu simplesmente quero morrer! Levei uma bronca gigantesca da minha mãe. Ela

tinha comprado parcelado no cartão de crédito, e ainda faltam três prestações. Então, como castigo por ter sido irresponsável, nada de celular novo até ela acabar de pagar o que eu perdi. Três meses! Três meses sem celular. E nem posso pegar um aparelho que eu não estava mais usando. O castigo inclui qualquer um! Agora me diz, quem consegue viver todo esse tempo sem celular?
Eu não fui irresponsável, juro. Acho que alguém roubou da minha bolsa, sei lá. Quando dei por mim, ele simplesmente tinha desaparecido. Mas ela não acredita e estou de castigo! E internet em casa, apenas algumas horas por dia. Por isso estou te mandando este e-mail. Não vou conseguir mais ficar muito tempo no chat contigo, como antes. Tudo bem se a gente trocar e-mails por um tempo? Achei que seria a maneira mais fácil de te atualizar com as notícias daqui de Volta Redonda e você me contar as do Rio. Pelo menos até a raiva da minha mãe melhorar e ela deixar que eu fique mais tempo conectada.
Responde logo!
Sua amiga extremamente triste (e dramática),
Fabi

Nossa, que droga! Olhei para o meu celular novo e o meu coração chegou a doer só de pensar que algo parecido pudesse acontecer comigo.

De: Thaís dos Anjos
Para: Fabiana Araújo
Assunto: RES: Meu mundo caiu!

Poxa, Fabi!
Fiquei muito triste com o que aconteceu. Pior que acho que a minha mãe me daria o mesmo castigo. E hoje

finalmente instalaram internet aqui em casa. Pena que não vamos poder fofocar em tempo real.
Claro que podemos nos falar por e-mail. Não interessa se é por rede social, mensagem ou até sinal de fumaça! O importante é que a gente não deixe de se falar. Sabe o que eu lembrei? No laboratório do colégio não deixam usar redes sociais, mas acessar a conta de e-mail é permitido. Pelo menos é uma opção se o tempo que a sua mãe estipular for muito curto ou você tiver algo urgente para falar. Outra opção seria gastar parte da mesada na lan house, mas aí já não é tão legal.
Não fique triste, por favor! Queria estar aí para te consolar. Ainda não fiz muitos passeios por aqui, o Sidney estava de baixo astral e quase não saímos. Prometo pra você que, se vir alguém famoso, vou lá pagar um mico básico e tiro uma foto pra te mandar.
Fica bem!
Beijos,
Thaís

Assim que cliquei em Enviar, lembrei que ainda não tinha tentado encontrar o perfil do Pedro no Facebook. Entrei na minha conta, respondi algumas mensagens e cliquei na janela de busca. Digitei "Pedro Carvalho" e dezenas apareceram. Resolvi trocar para "Pedro de Carvalho", e logo no terceiro perfil o reconheci. Acessei o perfil, e constava que ele estudava no Colégio Portobello. Ahá! Eu sou uma espiã genial, hein? Em menos de cinco minutos localizei o perfil dele. Nem tudo dava para fuçar, pois, como ainda não éramos amigos, meu acesso era restrito. Mas uma informação me agradou bastante. "Status de relacionamento: solteiro." Como, alguém me explica? Como um gato desses estava solteiro? Curte: skate (já sabia!), videogame, filmes de ação, bandas de rock. Odeia sorvete. Oi? Deveria existir uma lei que proibisse as pessoas de odiarem sorvete. É uma das melhores coisas do mundo! Tirando essa característica esquisita, gostei do que consegui fuçar. Copiei o link do perfil e resolvi passar para a Fabi.

De: Thaís dos Anjos
Para: Fabiana Araújo
Assunto: O meu vizinho!

Fabi!
Achei o perfil do Pedro, o meu vizinho!
Segue aí o link pra você ver como ele é lindo.
Quando puder, quero saber a sua opinião.
Beijos,
Thaís

5 Portobello, aqui vou eu!

Manhã do primeiro dia de aula. Nem dormi direito! Sempre uso o celular como despertador e o deixo ao lado da minha cama, para ficar mais tranquila. Mas o efeito psicológico foi o inverso. A cada quarenta minutos, pelo menos, olhei a hora no visor do celular naquela noite. Antes de me deitar, separei o uniforme e arrumei o material escolar na mochila umas mil vezes.

Quando finalmente deu a hora de levantar, meu coração batia acelerado. *O que será que eu vou encontrar lá? Será que vai ter muita gente na minha turma? E os professores?*

— Acabou de tomar o café, Thaís? — minha mãe já me apressando.

— Acabei. Só falta colocar a blusa do uniforme e escovar os dentes.

— Como estou indo para o trabalho de metrô, a partir de hoje vocês são independentes e vão sozinhos para a escola. Sidney, coma de uma vez, meu filho!

— Calma, mãe, relaxa! Tem tempo ainda!

Escovei os dentes e vesti a blusa. Sim, nessa ordem. Sempre. Pois sou desajeitada e ia babar pasta de dente no uniforme novinho. Acho que se passar um lápis e um rímel, sem exagero, dá uma melhorada no visual, né? Ah, sim! Um batonzinho discreto. No manual não falava nada sobre maquiagem, mas melhor não exagerar no primeiro dia. Perfume! Não posso sair sem perfume! Penteei os cabelos e me olhei no espelho para conferir. Tocaram a campainha. Que estranho. Quem será a essa hora?

— Thaís, atende a porta, por favor? Deve ser o porteiro entregando alguma correspondência — a minha mãe gritou do quarto dela.

Onde já se viu tocar a campainha antes das sete da manhã? Comunicado urgente da presidência, por acaso? Quando abri a porta, quase caí de susto.

— Ué? Pedro? — Senti meus olhos se arregalarem, não consegui nem disfarçar. Eu nunca, nunquinha ia imaginar que seria ele! Aí finalmente lembrei que eu estava parecendo uma estátua parada na porta. — Bom dia. Quer entrar?

— Bom dia. Tudo bem? — Ele sorriu e entrou, mas sem se afastar muito da porta, um tanto tímido. — Já que vamos para o mesmo lugar, achei que a gente podia ir juntos. Se você não se importar.

— Claro! Ótima ideia! — Será que ele percebeu que a minha voz ficou meio trêmula com o susto?

— Quem é, Thaís? — O Sidney apareceu na sala sem camisa, todo exibido.

— Esse é o nosso vizinho, o Pedro. Ele estuda no Portobello também. Pedro, esse é o meu irmão, Sidney. Ele veio aqui pra gente ir juntos para o colégio. — Na hora das apresentações, apontando de um para o outro, me senti como aquelas demonstradoras de produtos nos canais de televendas.

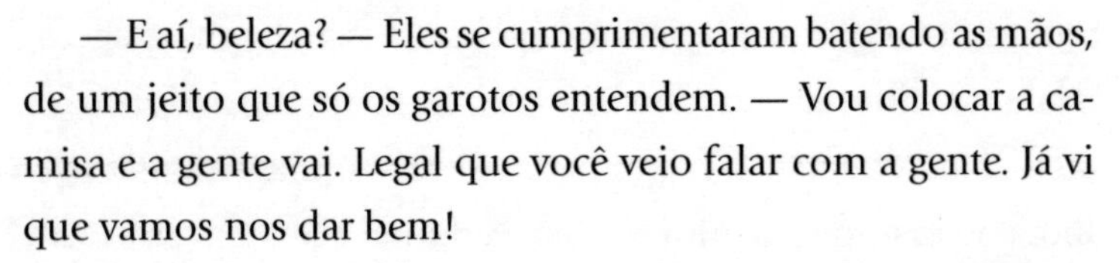

— E aí, beleza? — Eles se cumprimentaram batendo as mãos, de um jeito que só os garotos entendem. — Vou colocar a camisa e a gente vai. Legal que você veio falar com a gente. Já vi que vamos nos dar bem!

O elevador tem um tamanho razoável. Mas, naquele momento, parecia uma caixinha de fósforos. Ou uma lata de sardinha. Eu só sorria (o meu tique nervoso, lembra?). O Sidney, que andava rabugento nos últimos dias, de repente se tornou a pessoa mais simpática do universo. Ele e o Pedro se entenderam logo de cara e não pararam de falar de futebol, videogames, programas de computador e suas bandas favoritas até o portão principal do colégio. E eu só ali, de mera espectadora.

Como eu já previa, o colégio se tornou ainda mais assustador com toda aquela gente. Vazio, ele parecia enorme. Quando andamos por ali com o inspetor, nossos passos até fizeram eco, como nos filmes de suspense. Agora, cheio de alunos pelos corredores, o lugar parecia até pequeno. Era um entra e sai intenso de gente para todos os lados. Amigas se reencontrando e dando gritinhos. Mochilas de todas as cores e tamanhos se chocavam quando seus donos saíam correndo à procura das salas. Além das dezenas de vozes falando ao mesmo tempo. Por alguns segundos, cheguei a ficar meio zonza com tudo aquilo.

O prédio do ensino médio ficava depois das quadras, então o Sidney se despediu, e eu e o Pedro fomos procurar a nossa sala.

As portas ainda estavam fechadas e, do lado de fora, havia um papel com a lista de alunos por turma. Foi aí que descobri que eram duas turmas de nono ano.

— Thaís, eu estou na 902 e você na 901. Infelizmente a gente não vai estudar juntos, mas somos vizinhos. Duas vezes.

— Verdade! Vizinhos duas vezes! — Ri.

O sinal sonoro indicou o início das aulas. Logo chegaram os primeiros professores e abriram as salas. Antes de entrar na dele, o Pedro me deu um sorrisinho e um tchau. Imitei.

Quando ia entrar, falei mentalmente comigo mesma, lembrando os conselhos dos livros e revistas: *Thaís, comporte-se, por favor! Seja simpática, sorria e pense positivo. Mudanças são necessárias para o aprendizado e o crescimento. Rumo ao sucesso!*

A sala era ampla e arejada, com vários ventiladores de teto. Diferente do meu antigo colégio, a mesa do professor tinha um computador e a chamada era feita por ali. No teto, um projetor virado para o quadro branco. Pelo visto, a informática seria primordial no Portobello. Escolhi uma carteira no meio da sala. Nem tão na frente, para não me confundirem com uma possível nerd que só quer prestar atenção nas aulas (nada contra nerds, que fique bem claro, até porque posso me considerar uma). Nem no fundão, para não pensarem que eu sou da típica turma da bagunça. Fazer o que se em todo lugar o mapa da classe é mais ou menos assim? Tem os que fazem todas as lições, os bagunceiros, os que dormem nas primeiras aulas, os que fazem caricaturas dos professores nas últimas folhas do caderno e a galera neutra. Pois bem! Resolvi ficar em campo neutro.

O professor se apresentou: ele se chamava Camargo e daria aulas de história duas vezes por semana. Pelo comportamento dos alunos, tratando-o com certa intimidade, entendi que ele já havia dado aulas para aquela turma no ano anterior. O professor se sentou e começou a chamada. Depois de um tempinho, por estar quase no fim da lista em ordem alfabética, ele me chamou.

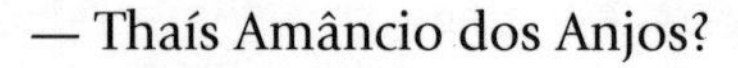

— Thaís Amâncio dos Anjos?

— Presente.

Ele parou e olhou para mim. Sorriu. Sorri de volta.

— Você é aluna nova?

— Sim, senhor.

— Senhor? Pelo amor de Deus, para com isso! — Ouvi alguns risinhos. — Pode me chamar de Camargo.

— Tudo bem. — Já dei minha primeira bola fora, urgh!

— Seja bem-vinda, Thaís. Você vem transferida de qual colégio?

— Na verdade eu sou nova na cidade. Morava em Volta Redonda. Cheguei há dez dias.

— Dez dias? Hummm. Boa sorte, menina.

— Obrigada.

Ele continuou a chamada, e uns vinte pares de olhos ainda me encaravam. De repente me senti nua. Aos poucos, a quantidade de olhos foi diminuindo, e restaram três pares, femininos, fixos na minha direção. Discretamente, abri a mochila e peguei o porta-batom, que tem um espelhinho. Estava tudo certo. Cabelo no lugar, dentes limpos, nenhuma espinha estourando no meu nariz. Talvez fosse mera curiosidade do povo ao ver uma cara diferente.

Quando ele terminou a chamada, se levantou.

— Já que vocês estão carecas de saber como eu sou, vou passar um trabalho em grupo já na primeira semana. Nos anos anteriores, vocês estudaram história do Brasil, Revolução Industrial, as expedições marítimas. Leram bastante a respeito dos fatos históricos de diversos países e povos. Personalidades marcantes, como Napoleão Bonaparte, Thomas Edison, Adolf Hitler e Sigmund Freud, que revolucionaram o mundo. E como vocês souberam disso? Historiadores reuniram todos os fatos e colocaram num livro pra vocês. Que moleza, hein? Tudo prontinho, o único trabalho de vocês é ler e ainda ficam com preguiça. Vocês não têm vergonha?

Risos. O professor é bem brincalhão. Apesar do sono que a maioria certamente estava sentindo, todos olhavam para ele com atenção.

— Quero fazer uma proposta diferente — ele continuou. — Como escrever a história? Infelizmente muitos de vocês nem prestaram atenção nos autores do livro. Vamos brincar de historiadores? Vai ser divertido. Tenho certeza que a partir de hoje vocês vão dar mais valor a esses profissionais. Escolham uma personalidade brasileira que tenha feito alguma diferença na sociedade. Alguém que tenha feito algo bacana dos anos 50 pra cá. Não importa a área de atuação. Pode ser na política, nas artes, o que acharem melhor. Quero fatos, não fofocas de internet. Vocês adoram fuçar a vida romântica dos artistas, quem ficou com quem. Quero a contribuição do trabalho na sociedade. Entenderam? Todos os membros do grupo vão ter que se apresentar na frente da classe. Não vai ter essa de "Fulaninho fala melhor do que eu". Todo mundo vai ter que participar. São quarenta alunos, certo? — Ele checou novamente a lista de chamada. — Quero anotados em um papel grupos de quatro alunos. Dez grupos ao todo, para quem faltou na aula de matemática.

Que estreia, hein? Mas o engraçado disso tudo é que ele falou do trabalho de forma descontraída. O tom que ele usou era leve e divertido. Parecia que seria a melhor coisa da nossa vida.

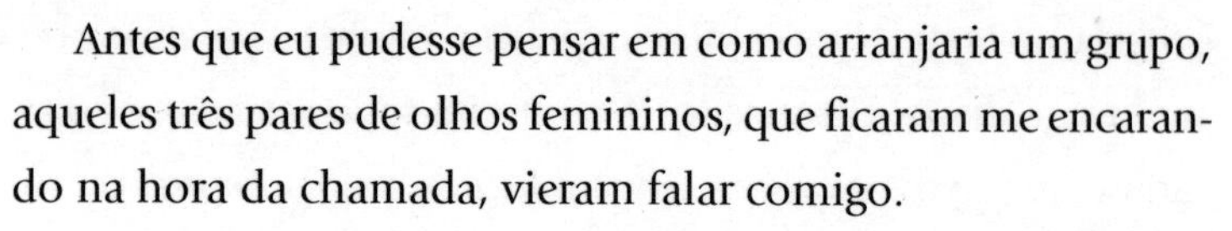

Antes que eu pudesse pensar em como arranjaria um grupo, aqueles três pares de olhos femininos, que ficaram me encarando na hora da chamada, vieram falar comigo.

— Oi, Thaís. Eu sou a Bia — falou a de cabelos curtinhos e vermelhos. — Tem um lugar no nosso grupo. Não quer entrar?

— Que bom, quero sim! — respondi com certo alívio.

— Ótimo! — dessa vez foi a de traços orientais. — Meu nome é Matiko. E ela é a Marina — apontou para a loirinha, que tinha um pequeno e brilhante piercing no nariz.

— Deixa que eu escrevo os nossos nomes para o Camargo. — A Bia se adiantou e arrancou uma folha de um bloquinho colorido.

— Você é boa em história, Thaís? — a Matiko quis saber.

— Acho que eu me viro bem. Precisamos definir sobre quem falar, né?

— Relaxa! — A Marina deu um tapinha no meu braço. — A gente vai tirar uma nota excelente. Meninas, eu estava pensando... Que tal se a gente falasse sobre o Mauricio de Sousa? Eu acho o Mauricio um fofo, e ele sim fez história. Acho que quase todo mundo começou a gostar de ler por causa dos gibis da Turma da Mônica. E vai ser um trabalho bem divertido.

— Marina, você sempre tem ideias sensacionais! — a Bia vibrou. — Nem preciso perguntar pra Matiko o que ela acha, pois ela é muito fã dele, tem até uma Mônica de pelúcia no quarto. E você, Thaís, se importa?

Não respondi de imediato. Abri a mochila e peguei discretamente o meu celular. Sem que o professor notasse, já que tinham falado tanto que era proibido usar em sala de aula, acessei rapidinho a minha galeria de fotos e virei a tela para elas. Eu tinha feito uma colagem de várias fotos minhas com o Mauricio de Sousa num aplicativo que baixei. Quando coloquei o cartão de memória do celular antigo no aparelho novo, fiquei brincando de fazer colagens. Eu tinha ficado horas na fila da última Bienal do Livro para falar com ele e não me arrependi. Valeu cada minuto que esperei pelos autógrafos. A Matiko só faltou ter um ataque cardíaco.

— Quando olhei pra você, Thaís, eu sabia que era a pessoa que faltava na nossa turma. Não é mesmo, meninas? — a Bia olhou para as outras, que concordaram com a cabeça.

— Só temos um problema... — a Marina lamentou. — Minha casa está em obras e não vamos poder nos reunir lá.

— Xiii! Na minha também não — a Matiko coçou a cabeça e fez uma careta. — Esqueceram que agora tenho um meio-irmãozinho que não para de chorar um minuto? Vai atrapalhar a gente. Ele é uma graça, dá vontade de apertar aquelas bochechas. Mas chora demais, às vezes quero fugir de casa por algumas horas.

— Vamos ter que nos reunir na praça de alimentação do shopping ou na biblioteca? — A Bia fez cara de tédio.

— Meninas, acho que pode ser na minha casa — tentei resolver o problema.

— Na sua casa, Thaís? — A Matiko bateu palminhas. — Que legal!

— Não vai atrapalhar? Você disse que acabou de mudar. — A Bia pareceu preocupada.

— Não vai atrapalhar nada não. Podemos fazer no meu quarto. Eu tenho uma escrivaninha legal, cabe todo mundo. Se quiserem, podem levar o computador de vocês e pesquisamos todas juntas. A impressora é do meu irmão, mas ele não vai se importar de emprestar. Vai dar tudo certo.

— Ótimo! — A Marina fez cara de alívio. — Já temos o grupo, o tema e o local de estudos definidos. Bia, me dá o papel que vou lá entregar para o Camargo.

No intervalo, elas me levaram para a cantina e me disseram quais eram as principais delícias. Eu ainda ficava meio perdida no colégio, mas logo ia me acostumar. As meninas pareciam ser bem legais. Aproveitaram para me adicionar nas redes sociais pelo celular na hora do intervalo. Assim poderíamos nos conhecer melhor e combinar as coisas do trabalho. O resto da manhã foi tranquilo.

Acabei encontrando o Pedro na saída. Eu estava no portão esperando o Sidney quando ele passou.

— Esperando o seu irmão? — ele estalou os dedos, brincando de adivinhação.

— É, para voltarmos juntos pra casa.

— O horário do ensino médio é diferente. Eles saem dez pra uma, têm um tempo a mais de aula. Você vai ter que fazer o grande sacrifício de voltar só comigo.

Que sacrifício! Ô! Ele não sabe como vou "sofrer" com isso.

— Vou mandar uma mensagem avisando que já fui. Estou morrendo de fome!

— Eu também — ele concordou, passando a mão na barriga.

Enquanto eu escrevia a mensagem, as garotas passaram pela gente e deram tchau. O Pedro aproveitou para pedir o meu número e o do Sidney.

— Assim eu também posso mandar mensagem para vocês caso a gente se desencontre...

Ele sorria enquanto teclava nossos números na agenda do celular. Ai, ai... Fiquei tão emocionada que já estava saindo dali com o celular na mão, mas o Pedro me alertou:

— Coloca na mochila, Thaís. — Ele deu uma piscadinha com aqueles olhos verdes incríveis. Meu nome ficava tão lindo na voz dele... Entendi. Nada de dar bobeira com o celular na rua. Já basta a pobrezinha da Fabi ter ficado sem o dela.

São praticamente dez minutos a pé até o nosso prédio. Fomos conversando animadamente, e contei que já tinha feito amizades. O Pedro é muito fofo! E falante.

— O pessoal do Portobello é legal, você vai curtir. Por falar nisso, gostei do Sidney. Apesar de ele ser mais velho, acho que vamos nos dar bem. Geralmente os caras do terceiro ano olham com desprezo pra gente que é do nono. — Ele deu uma risada engraçada. — Ele é diferente, não me achou um pirralho. Depois vou combinar com ele de ver uns jogos de computador.

— Jura que existe esse preconceito de idade para fazer amizade? — estranhei.

— Não é bem questão de preconceito. Grande parte desse pessoal já fez 18 anos e logo vai estar na faculdade. Eles são mais independentes, podem sair de carro, ter o próprio dinheiro, essas coisas. Infelizmente ainda vivemos de mesada e temos hora pra voltar pra casa.

— Entendi... — Então o meu vizinho gato tinha hora para voltar para casa. Se eu fosse mãe dele, também ia querer essa carinha linda dentro de casa, sã e salva. Ai, como eu sou boba!
— Realmente, pra muita gente ainda somos pirralhos! — Ele riu, concordando.

Quando chegamos ao prédio, ele gentilmente, para variar (suspira!), abriu o portão do prédio para que eu entrasse. Eu

posso ficar muito *mal acostumada* com esse tratamento VIP toda vez que a gente se encontra.

Após o almoço me esparramei na cama com um sorriso no rosto. Eu pensei que seria um grande desafio o meu primeiro dia de aula, mas foi bem interessante. Fiquei tão aliviada de ter dado tudo certo! E ainda mais com a "escolta" do Pedro na ida e na volta. Eu estava com tanto medo e tudo tinha sido maravilhoso. Depois de algum tempo olhando para o teto com cara de boba, liguei o computador e fui dar uma fuçada no perfil das meninas para conhecê-las melhor.

Primeiro entrei no perfil da Bia. Ela gosta de rock e sabe tocar guitarra. Uaaau! Adorei. Tem três irmãos mais velhos, que já estão na faculdade. É a única garota. Se só com o Sidney já é complicado lidar, imagine ter o triplo de perturbação. Hahahaha! Tem fotos de muitas viagens, inclusive para o exterior. Pelo menos na internet, a vida dela parece ser bem divertida.

Depois entrei no perfil da Matiko. Ela é sansei, ou seja, neta de japoneses. Ao vivo ela tem os cabelos na altura dos ombros, mas na foto do perfil estão um pouco mais compridos. Deve ter cortado recentemente, já que está com o irmãozinho na foto. Ele é realmente uma gracinha, dá vontade de apertar! Ela posta pouco e quase não tem fotos, a não ser de paisagens. Acho que ela curte fotografia. Tem um namorado que se chama Arthur. Uma das poucas fotos pessoais dela é fazendo careta com o aparelho dentário: "Eu odeio esse treco! Que bom que em poucos meses vou dizer adeus a você!"

Já a Marina é totalmente o oposto da Matiko. Ela tem muitos seguidores! Tira muitas selfies, especialmente com o gatinho, Thor. Ela é muito fotogênica, mas acho que não é modelo profissional. Deveria ser, viu? Só uma foto dela recebeu mais de seiscentas curtidas. Eu nunca cheguei nem a sessenta curtidas numa foto minha. Ela é bonita, loirinha de cabelos compridos. Adora maquiagem e grava vídeos mostrando como fazê-las. E eu achando grande coisa saber passar lápis e rímel. Ela tem um canal no YouTube com vários vídeos de tutorial de maquiagem. É a primeira pessoa que eu conheço que tem vídeos na internet!

Definitivamente são as amigas mais diferentes que eu já tive na vida! Acho que a mamãe estava certa o tempo todo. Eu vou me divertir muito no Portobello. Queria ter contado ao Sidney tudo o que aconteceu, mas ele simplesmente capotou na cama e nem almoçou. Acho que não fui a única que não conseguiu dormir direito de ansiedade pelo primeiro dia de aula. Como ele adora bancar o durão, o sabe-tudo, não falou nada. Resolvi imitá-lo na soneca. Fechei as cortinas e liguei o ventilador de teto. Aquele tec-tec suave praticamente me hipnotizou. Todo o sono perdido da madrugada foi recuperado naquela tarde de segunda-feira.

6
Fofocas virtuais x fofocas escolares

Acordei assustada do meu cochilo. Já passava das cinco da tarde quando pulei da cama e resolvi trocar de roupa para ir até a banca de jornais. Como voltei do colégio com o Pedro, acabei me distraindo e não comprei o último número da revista *Universo Teen*. Além de vir com um megapôster do Dinho Motta, queria ver se tinham respondido à pergunta que enviei para a coluna de apoio aos leitores.

Antes, resolvi ligar o computador para mandar um e-mail para a Fabiana. Ela devia estar morta de curiosidade para saber como foi o primeiro dia no colégio. Nem bem acessei minha caixa postal e já vi que tinha um e-mail dela.

De: Fabiana Araújo
Para: Thaís dos Anjos
Assunto: E aí???

Amigaaaa!! Que saudade!
Adivinha onde estou? No laboratório de informática. Tivemos aula no último tempo, aí lembrei da sua dica e aqui estou, te escrevendo.

Ontem eu fucei rapidinho o perfil do tal Pedro. O que são aqueles olhos? Ca-ra-ca! Eu só tenho vizinhas, que vidinha mais sem graça a minha! Afeeee! #drama
Foi tão estranho não ter você sentada do meu lado na classe... Mas a Marília ficou comigo e me animou um pouco. Ah, temos um novo professor de educação física. Meu Deus!! Parece até o ator principal da novela das sete, sério! Dessa vez eu aprendo a jogar vôlei, pode apostar.
Mas e você? Conte as novidades! Conheceu alguém? E o Pedro, ficou na sua turma?
Responde logo!
Sua amiga saudosa e ansiosa,
Fabi

Fiquei rindo sozinha ao imaginar a Fabi babando pelo professor. Ela sempre se envolvia em amores impossíveis: professores, irmãos mais velhos das amigas, galãs de novela.

De: Thaís dos Anjos
Para: Fabiana Araújo
Assunto: RES: E aí???

Fabi!
Eu liguei o computador para te mandar um e-mail e você já tinha me escrito.
Eu estava com muito medo do primeiro dia de aula. Bom, isso você meio que já sabia, né? O colégio é muuuuito grande. São duas turmas de nono ano, e o Pedro, o gato dos olhos verdes, ficou na turma ao lado. Ele veio me buscar para irmos juntos ao colégio! Uhuuu!! Imagina a minha cara de pateta. Mas o Sidney foi junto, claro. Já viraram "amiguinhos de videogame". O Pedro e eu voltamos sozinhos para casa, pois o meu irmão sai mais

tarde. Mas, antes que você fique pensando besteiras, não aconteceu nada de mais. Apenas dois vizinhos voltando a pé para o mesmo endereço.
Amiga, deixa eu ir que preciso comprar a *Universo Teen* urgente.
Quando tiver mais novidades te conto, pode deixar.
Beijosssss,
Thaís
P.S.: Esqueci de falar, fiz amizade com três garotas da minha turma. Depois conto mais sobre elas.

Fechei o computador e fui até a banca de jornais; por sorte ainda tinha a revista para vender. Aproveitei para passar na padaria — sabia que ia ficar viciada no pão doce.

Quando cheguei em casa, arranquei o plástico que envolvia a revista e abri direto na coluna dos leitores. Nada de me responderem! No exato momento em que eu soube que ia me mudar, escrevi pedindo ajuda. E isso já faz três meses! Poxa vida, que absurdo. Uma tremenda falta de consideração.

Eu escrevi para a *Universo Teen* perguntando como me comportar no novo colégio para fazer amizades. Preenchi os dados no site da revista umas cinco vezes, pelo menos. E no assunto ainda coloquei URGENTE, assim, bem grandão, para que me respondessem logo. Vai ver que um monte de gente escreve, não dá para responder a todo mundo. Paciência. Mas sabe de uma coisa? Nem preciso mais da resposta.

Minha mãe chegou do supermercado carregada de sacolas, e eu e o meu irmão fomos ajudar a guardar as compras. Como ela estava supercansada para fazer o jantar, colocou no forno uma lasanha congelada. Enquanto assava, ela quis saber tudo o que tinha acontecido no nosso primeiro dia de aula. O Sidney parecia outra pessoa, alegre, falante, todo sorridente. Já sabe o nome de metade da turma e até recebeu um convite para uma festa de aniversário. De uma garota. Lógico.

Depois que comemos, vi um pouco de televisão e fui arrumar a bagunça do quarto. Antes de dormir, entrei novamente na minha conta de e-mail e adivinha?

De: Fabiana Araújo
Para: Thaís dos Anjos
Assunto: RES: E aí???

Dona Thaís,
Como assim ia esquecendo de me contar que já tem três novas amigas?
Já está me traindo, é?
Brincadeiraaaaa!! Que bom, assim você se enturma logo. Quero nomes e fotos.
Aconteceu uma coisa muito legal, não tem nem trinta minutos! Estou eufórica! Sabe a Sílvia, aquela minha vizinha que vai casar? Muito nova, aliás, só tem 19 anos. Mas, enfim, não é problema meu. Pois bem, ela me chamou na casa dela para me dar TODA a coleção dela de livros juvenis! Ela e o noivo vão morar em um apartamento, e ela começou a jogar fora um monte de coisas. Ia colocar tudo no lixo. Acredita num pecado desses? Quem em juízo perfeito joga livros no lixo??? Acho que meu anjo da guarda soprou no ouvido dela, e a Sílvia resolveu tocar a campainha aqui de casa. Amiga, são quarenta livros. Não é simplesmente incrível? Pode se rasgar de inveja.
Ah, uma ideia! Se você voltar todos os dias para casa com o Pedro, finja que tropeçou em algo na rua e se apoie nele. Segura beeem firme! =D

Minha mãe já está um pouco mais calma, mas continuo de castigo. Até quando vou aguentar ficar sem celular? Já estou tendo crise de abstinência. #chora
Beijos,
Fabi

Já pensou? Fingir que estou caindo e me pendurar no Pedro "sem querer"? Ia ser engraçado! Se eu fosse seguir esse conselho maluco da Fabiana, ia planejar com tantos detalhes como simular a queda que acabaria caindo de verdade. Pensando bem, sabe que não é uma ideia tão ruim assim?

No dia seguinte, fomos os três juntos novamente para o colégio, o Sidney, o Pedro e eu. Dessa vez consegui conversar mais, perdi um pouco a inibição. O Pedro é muito engraçado! Ele contou sobre os tombos que levou quando começou a andar de skate. A gente dava tanta risada que, quando chegamos ao portão do Portobello, meus olhos lacrimejavam.

O Sidney seguiu para a sala dele, e nós fomos para o segundo andar do prédio principal, onde ficavam as nossas. O Pedro ficou parado na porta da minha sala, conversando comigo, e só foi para a dele quando o professor entrou.

Cumprimentei as meninas, e tivemos aulas de matemática e geografia. Quando deu a hora do intervalo, eu estava quase azul de fome. Como já tinha aprendido o caminho, segui correndo para a cantina, e elas ficaram de me encontrar lá depois.

Comprei um salgado bem grande de queijo com peito de peru e um suco. Sentei em um banco embaixo das árvores, pois estava muito quente e ali fazia uma sombra maravilhosa. Enquanto esperava a Bia, a Matiko e a Marina, notei que uma garota me olhava e cochichava com outra. A que ficava me encarando era lindíssima, parecia modelo. Se a Fabi estivesse comigo, certamente ia dizer que lembrava alguma atriz de novela das nove, já que ela sabe todas as fofocas da televisão. A menina era alta, magra, tinha olhos verdes enormes, boca carnuda e cabelos pretos bem compridos e volumosos. Eles brilhavam tanto que chegavam a cegar a gente. Deve dar um trabalhão lavar aquela cabeleira toda! Acho que, se existir alguma sósia brasileira da Angelina Jolie, deve ser essa garota.

Quando as meninas chegaram, sentaram no banco, cada uma com seu lanche. Não aguentei segurar a língua dentro da boca e perguntei:

— Quem é aquela garota que parece a Angelina Jolie?

— A modelete e pretensa cantora pop? — a Bia respondeu de maneira sarcástica. — É a Brenda Telles, da 902. Jura que não tinha visto ainda? É a famosinha do nono ano. A tia dela tem uma rede de lojas de roupas femininas, e ela vive no catálogo de fotos. Dizem até que já desfilou na Fashion Week, mas eu não sei se é verdade. Olha bem pra mim! — ela se apontou e fez cara de desdém. — Se tem uma coisa que eu não faço é ir a desfiles de moda. Detesto essas frescuras. Quem usa aquelas roupas em dias normais?

Tive vontade de rir do jeito da Bia, mas preferi ficar quieta. Ela deu logo a entender que tinha implicância com a garota. Eu não tenho nada contra desfiles de moda. Não entendo muito, mas acho bonito mesmo assim. Para não criar conflito justo no segundo dia de aula, resolvi não discordar.

— Eu também seria modelo se fosse bonita desse jeito — lamentei meu jeito comum de ser e de parecer invisível a maior parte do tempo. — Mas como assim, pretensa cantora?

— Ela tem uns vídeos no YouTube — a Bia continuou com a expressão sarcástica enquanto falava. — Canta várias coisas lá... De Ivete Sangalo a Taylor Swift. Não se decide! Quer cantar axé ou música country?

— Qual o seu interesse nela, Thaís? — a Matiko perguntou, ao mesmo tempo em que mastigava um biscoito recheado. Mal consegui entender o que ela falou, pois a Matiko tinha enfiado o biscoito na boca de uma vez só.

— Que coisa feia falar de boca cheia, Matiko! Isso são modos de uma mocinha? — a Marina implicou de brincadeira e ela devolveu uma careta. — Vai ficar com o aparelho todo sujo de biscoito de chocolate, e vamos ter que ficar ouvindo as suas reclamações! — A Matiko deu de ombros e enfiou na boca o último biscoito do pacote.

— Na verdade, interesse nenhum — falei. — Ela que estava olhando pra mim e cochichando com a outra.

As três se entreolharam com uma expressão estranha.

— Que foi? Que caras são essas? — perguntei.

— Acho que a gente sabe por que a Brenda ficou olhando pra você... — a Marina baixou o tom de voz. — Ela é ex-namorada do Pedro, o seu vizinho. Não tem nem um mês que eles terminaram. Quando ela mudou o status do perfil pra solteira, foi a maior fofoca das férias.

— Como vocês sabem que ele é meu vizinho? — Senti meu coração palpitar.

— Você aparece do nada no Portobello com o garoto mais paquerado do nono ano, justamente o ex da Brenda, e não quer que a fofoca role solta? — A Bia riu com certo sarcasmo.

— Nossa! Eu completamente inocente, querendo me enturmar, e todo mundo falando de mim pelas costas. Já caí na boca do povo no segundo dia de aula. — Senti meus olhos se arregalarem.

— Calma, Thaís, não precisa ficar impressionada. Não é nada contra você. Ninguém estava falando mal de você nem nada parecido... — A Bia tentou me tranquilizar, alisando o meu braço. — As coisas funcionam assim mesmo. É que ninguém te conhecia. Sabe como é uma novidade, né?

— Será que ela acha que eu estou ficando com o Pedro? Somos só amigos e vizinhos, nada mais.

— Mas que ele é bonito, você não pode negar! — a Marina provocou e as meninas riram.

— Ah, bonito ele é... — Tentei disfarçar o nervosismo. — E é legal também. Mas é só isso.

— O negócio agora é convencer a Brenda — a Matiko falou, enquanto olhava disfarçadamente para ela.

— Ah, gente, deixa essa metida pra lá! — a Marina se revoltou. — Ex é ex e ponto-final. Ela já teve a chance dela, agora que deixe as outras se divertirem um pouquinho.

— Eu não quero saber de confusão. — *Não acredito que já vou me meter em fofocas de ex-namorados justo no segundo dia de aula!* — Por que vocês dizem que ela é metida?

— Está vendo aquele corpo lindo e magro? — a Marina apontou discretamente. — A Brenda afirma com todas as letras que se entope de chocolate, pizza e batata frita e que detesta malhar. Que a natureza contribui para que ela seja magra assim. Ela tira as maiores notas e ninguém nunca viu a garota estressada antes de uma prova ou mesmo desesperada com um livro na mão. Diz que basta prestar atenção nas aulas e pronto, já aprendeu tudo.

— Ela é o quê, afinal? Superdotada? — Eu ri.

— Se é superdotada eu não sei — foi a vez da Matiko. — E tem mais! Ela tem um blog sobre o Dinho Motta, muito visitado, por sinal. Praticamente considerado o fã-clube oficial dele na internet. Tem mais seguidores que o dele próprio.

— Jura? Ela é fã dele? Eu também sou!

— E quem não é, Thaís? E quem não é... — A Matiko suspirou.

— Gente, já está quase na hora. Vamos voltar pra classe? — sugeri.

Tentei disfarçar falando sobre outros assuntos, mas bateu uma pontinha de preocupação. O Pedro tinha que ser ex-namorado justamente da garota mais bonita do nono ano? Os dois têm olhos verdes incríveis, é até humilhação para o resto da humanidade que duas pessoas tão bonitas e com a mesma cor de olhos namorem! Bom, como a Marina disse, ex é ex. E eu não fiz nada de mais. Não tenho culpa de morar no mesmo prédio que ele. E quem tomou a iniciativa de falar comigo foi ele!

Voltei para casa sozinha. O Pedro ia encontrar com uns amigos para andar de skate. Não resisti e comprei dois pães doces no caminho, meu novo vício.

Fiquei pensando no que as garotas falaram. Bateu a maior curiosidade de ver o tal blog da Brenda. Depois do almoço, procurei no Google as palavras-chave "Brenda Telles Dinho Motta". Encontrei facilmente. O blog era muito legal, mesmo! No canto direito da tela, tinha a foto dela como a responsável pelas atualizações. E tinha uma foto dela com ele! Ai, que inveja!!! Tinha também um vídeo dela cantando uma música dele. Será que esse é o quarto dela? Achei bem parecido com o meu, só que com uma infinidade de bichinhos de pelúcia. Ela canta muito bem! Gente do céu, me mostrem um defeito nessa garota?

O contador de acessos mostrava mais de cinquenta mil visitas. Várias fotos, entrevistas e a agenda dele. Ele vai fazer um show no Tijuca Tênis Clube! Eu não acredito! Que máximo, vou querer ir, com certeza!

Sempre procurei informações do Dinho no site oficial e não conhecia a quantidade de blogs feitos por fãs. A Brenda dedicou uma parte do blog para indicar outros parecidos com o dela. Tinha blogs do Brasil inteiro! No site oficial dele não aparecia o show na Tijuca, estava desatualizado. Procurei o telefone do clube e liguei para confirmar. Isso mesmo! Praticamente do lado da minha casa, que delícia.

Fuçando mais um pouco o blog dela, vi um banner com uma espécie de anúncio, que dizia assim:

Gostou desse blog e gostaria de ter um só seu? É muito fácil e rápido. Clique aqui e faça a sua inscrição gratuitamente.

Nunca pensei em ter um blog. Mas o dela era tão legal que me deu vontade. Será que era difícil fazer? Já que era grátis, cliquei, só para ver como funcionava. Mas eu ia fazer um blog falando do quê? Da minha vida?

Enquanto pensava, olhei para o lado e vi a revista *Universo Teen*. Lembrei da coluna dos leitores e tive uma ideia. Cansei de mandar perguntas para a revista e ser completamente ignorada. Então eu ia fazer um blog com as minhas perguntas só de brincadeira. Isso!

Fiz o cadastro e criei o blog, com o nome Consultora Teen. Havia uma infinidade de modelos prontos. Escolhi o que achei mais bonito, com cara de blog profissional e que parecesse ser de uma revista. Realmente era muito fácil configurar tudo — bastava ir clicando nas opções que o próprio site oferecia, escolhendo cores, tamanho da fonte, colunas e desenhos. Em menos de uma hora o blog estava pronto. Não tão elaborado quanto o da Brenda, claro, mas, para quem nunca tinha feito nada parecido, estava realmente bom.

Fiz mais alguns ajustes e me lembrei das chamadas de alguns comerciais e sites de propaganda. Então escrevi o seguinte texto de introdução:

Seja bem-vinda ao blog da Consultora Teen! Este blog é experimental e só continuará a existir por sua causa. Nos próximos trinta dias, participe e indique para suas amigas. Envie a sua pergunta e fique tranquila, sua identidade não será revelada.

Consultora Teen
Adolescendo sem Complicação

Fiquei rindo sozinha! Não é que a introdução ficou divertida? Imaginei que eu era uma das psicólogas que trabalham na revista e escrevi como se fosse uma profissional. Até me vi usando um daqueles vestidos elegantes, com óculos para dar mais seriedade, andando de salto alto pelos corredores da *Universo Teen*, bebericando um cappuccino.

Escrevi a pergunta que eu tinha enviado para a revista e para a qual não obtive resposta. E respondi como eu queria que tivesse acontecido de verdade.

Querida Consultora Teen,

Eu tenho 14 anos e vou para uma escola nova. Como será que devo me comportar para fazer novos amigos?

A resposta é muito simples: seja você mesma, não finja ser quem você não é somente para agradar os outros. Seja simpática e participe dos trabalhos e atividades extracurriculares. Assim, logo fará muitos amigos. Boa sorte!

Beijos,
Consultora Teen

Fiquei rindo muito da minha maluquice. Onde já se viu criar um blog em que se pergunta e se responde a própria dúvida? Como eu tinha lido e relido quase todos os meus livros e revistas nas férias, me inspirei na forma como os autores e os jornalistas escreviam. Resolvi continuar a brincadeira.

Consultora Teen, eu acho que estou gostando de um garoto que tem uma ex-namorada muito bonita. Quando eu me comparo com ela, sempre perco no meu julgamento. Eu devo esquecê-lo?

De jeito nenhum! Você está se prendendo a fatores externos. Como você mesma declarou, ela é a ex-namorada. Se o interesse dele fosse apenas pela beleza, eles ainda estariam juntos. Existem vários motivos para as pessoas namorarem e se sentirem atraídas, e a beleza é apenas um deles. Todos nós somos especiais, mas infelizmente muita gente não acredita nisso. O que vai atrair o outro é relativo. Então trate de melhorar essa autoestima e invista no garoto sim, por que não? Seja alegre, confiante e acredite ser interessante, do jeitinho que você é.

Beijos,
Consultora Teen

Que farsante, hein, dona Thaís? Como se você realmente acreditasse nisso que escreveu... Competir com a Brenda Telles não é para qualquer uma. Mas... não é que ficou bonitinho? Viu, *Universo Teen*? Era assim que vocês deviam ter me respondido!

Olhei para o relógio, eram quatro da tarde. Por sorte eu não tinha dever de casa e, como estava com sono, resolvi tirar um cochilo. Coloquei o celular para despertar às cinco e meia. Se tem uma coisa que eu adoro é o cochilinho da tarde. Vou aproveitar enquanto os trabalhos e as provas não começam!

7

Será que a brincadeira foi longe demais?

Não escutei o celular tocar. Acordei com a minha mãe me chamando. A cara dela não estava nada boa.

— Thaís, você dormiu a tarde toda?

— Não, mãe. Foi só um pouquinho — respondi, ainda tentando entender que horas eram.

— Eu vi o pão doce na cozinha. Você está comendo muito açúcar. — Ela cruzou os braços e assumiu uma expressão nada amigável.

— Ah, mãe. É que é tão gostoso! — falei enquanto me espreguiçava.

— Antes que isso piore, vamos mudar esses hábitos desde já.

— Como assim?

— Enquanto você estava de férias, achei até normais esses seus cochilos à tarde. Mas agora não está certo. E o que você comeu de lanche esses dois dias?

— Sanduíche e salgado. Lá no colégio tem cada salgado bom, mãe! Enormes e bem recheados.

— Só está comendo besteira, né? O dia inteiro. Se entupindo de coisas nada nutritivas e dormindo como um bebê toda tarde, você vai acabar engordando, filha.

— Eu estou gorda, mãe? — perguntei, preocupada.

— Seu peso está normal. Por enquanto. Mas você é muito nova para ficar nessa vida de comer e dormir. Procure alguma atividade física para fazer. Seu irmão adora futebol e, pelo que fiquei sabendo, já vai participar das atividades do colégio.

— Eu não gosto de praticar esportes.

— Alguma coisa você vai ter que fazer, Thaís. Pense e depois me fale. E outra coisa: leve uma fruta ou passe a comprar biscoitos integrais pro lanche. Reparou que aqui na Tijuca a cada duas quadras tem umas lojas enormes de biscoitos? Já vi que tem umas linhas diet e light ótimas! Vai ser muito mais saudável pra você. Leve na mochila. Vai sair mais barato e não vou ter que me preocupar em controlar taxa de colesterol na sua idade, hein, filha? — E saiu bufando do meu quarto.

Xiii! Tomei a maior bronca por causa dos meus cochilos e dos pães doces. Não tenho a menor ideia do que posso fazer como atividade física. Acho tudo muito chato, cansativo. Mas, pelo tom de voz, minha mãe não estava para brincadeira.

Olhei o relógio e já passava das sete da noite. Entrei na minha conta de e-mail e nadinha da Fabiana. Resolvi, então, excluir o blog que tinha feito. Não fazia sentido manter aquilo no ar, só criei para ver como funcionava. Mas, para minha surpresa, tinha um comentário. Que dizia:

Oi, Consultora Teen, tudo bem? Nossa, eu AMEI a ideia do blog para nós, garotas. Tenho uma pergunta para fazer. Eu namorei um garoto e gostava muito dele. Na verdade, ainda gosto. Eu sou um pouco ciumenta e, como as outras meninas vivem suspirando por ele, acabei brigando e ele terminou comigo. Estou muito arrependida do que fiz e penso em pedir desculpas. Será que eu consigo reatar o namoro? Por favor, me responda logo!

Esse mundinho da internet é mesmo louco. Eu criei esse blog tem o quê, pouco mais de duas, três horas? E alguém já viu e me mandou uma pergunta! Verifiquei o painel de estatísticas, que indicava que o blog tinha recebido mais de cinquenta acessos. Como? Eu não divulguei em lugar nenhum, não falei disso no meu perfil nem contei para ninguém. De que jeito essas pessoas me acharam? Nossa, bateu até um medo, sabia? Mais um motivo para excluir. Afinal, eu fiz somente para brincar.

Cliquei no botão "Excluir conta". A seguinte mensagem apareceu:

Você realmente deseja excluir o blog Consultora Teen?

Fiquei como que hipnotizada pela pergunta durante um minuto. O mouse ficou dançando entre o "sim" e o "não". Por fim, cliquei no "não". Decidi responder à leitora. Afinal, a garota parecia meio aflita. E eu sei muito bem o que é ficar aflita por uma resposta.

Que bom que gostou do blog! Ele foi feito para ser um espaço em que nós, garotas, fiquemos à vontade. Sobre a sua pergunta, eu acho que você deve pedir desculpas, sim. Isso só demonstra que você se arrependeu de um erro que cometeu. Se ainda gosta do garoto, não vejo nada de mais em querer reatar. Faça o que o seu coração manda. Peça desculpas e, se ele aceitar, não banque mais a ciumenta, hein? Mas, se ele não aceitar, não fique se culpando, afinal você fez a sua parte. Fique com a consciência tranquila e esqueça o seu ex. Nada como um novo amor para curar um coração partido.

Beijos,
Consultora Teen

Atualizei o blog com a pergunta e a minha resposta. E fiquei torcendo para que isso ajudasse a garota. Eu ia dar um tempo para ela ver que eu respondi e depois ia excluir a página. A situação era hilária, vamos combinar. Eu, que nunca namorei, dando conselhos amorosos. Contando ninguém acreditaria.

No dia seguinte, o Sidney e eu esperamos o Pedro por uns cinco minutos, mas ele não apareceu. Resolvemos ir, senão chegaríamos atrasados ao Portobello. Quando estávamos nos aproximando da portaria, meu celular deu o sinal de que uma mensagem havia chegado.

Saí mais cedo hoje! Bjs, Pedro

Ao atravessarmos o portão, vimos o Pedro entrar de mão dada com a Brenda. Meu coração gelou.

— Ih, maninha. Se você estava interessada no Pedro, acho que é melhor esquecer. — Ele fez uma careta de desagrado.

— Eu, interessada no Pedro? Imagina! — disfarcei.

— Tem certeza? Quer conversar sobre isso? — Ele parou e me segurou pelo ombro, parecendo realmente preocupado. Achei esquisito. Era a primeira vez que o Sidney se preocupava com algum possível interesse meu por um garoto. Geralmente os irmãos não são ciumentos? Talvez fosse porque ele gostou do Pedro de cara.

— Não, Sidney, eu acho o Pedro legal, só isso — enrolei. — Ele foi o nosso primeiro amigo aqui no Rio e é nosso vizinho. Nada além disso — falei, tentando convencer o meu irmão, mas o engraçado é que eu realmente acreditei nas minhas palavras. O que me fez achar tudo mais esquisito ainda.

— Se você está dizendo, eu acredito. Tchau, maninha. Se cuida. — Ele me deu um beijo nos cabelos e seguiu para o prédio do ensino médio.

Quando cheguei ao corredor do segundo andar, a Bia, a Marina e a Matiko estavam me esperando, de olhos arregalados.

— Você viu que a *modelete* está com o Pedro de novo? — a Bia perguntou baixinho, em tom sarcástico. Já deu para notar que ela é meio debochada em tudo o que diz. Mas ela fala de um jeito muito engraçado.

— A Brenda? — respondi, tentando manter a naturalidade. — Vi sim. Eles formam um lindo casal, né?

— Posso confessar uma coisa? — A Marina fez uma cara engraçada e deu um longo suspiro. — Estou morrendo de inveja!

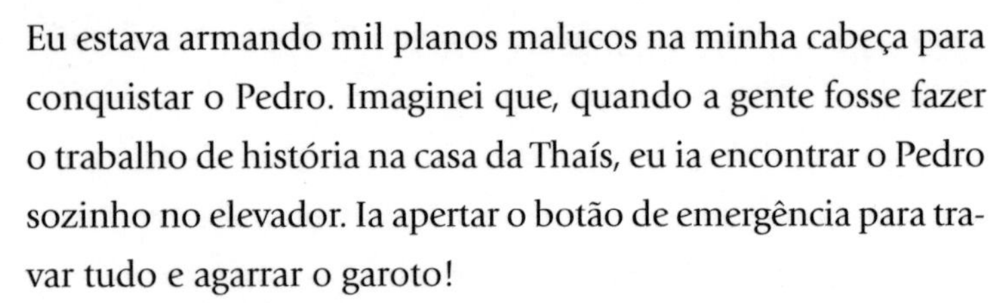

Eu estava armando mil planos malucos na minha cabeça para conquistar o Pedro. Imaginei que, quando a gente fosse fazer o trabalho de história na casa da Thaís, eu ia encontrar o Pedro sozinho no elevador. Ia apertar o botão de emergência para travar tudo e agarrar o garoto!

— Que ideia mais absurda, Marina! — A Matiko não sabia se fazia cara de revoltada ou se ria. — Você achou mesmo que ia conquistar alguém fazendo o elevador enguiçar? No mínimo ele ia achar que você era psicopata.

— E por falar na casa da Thaís, a gente precisa se reunir para fazer o trabalho, meninas — a Bia lembrou.

— Podemos nos reunir na sexta à tarde, o que acham? — sugeri, ao mesmo tempo espantada de a Marina também fazer parte do "fã-clube" do Pedro. Bateu até um frio na barriga de pensar que elas podiam ter feito amizade comigo só por causa dele. Será? Tentei afastar os pensamentos pessimistas e continuei a falar com toda a naturalidade que me era possível. — Se não conseguirmos fazer tudo na sexta, ainda temos o fim de semana para terminar.

— Eu acho ótimo! — a Matiko concordou. — Que tal eu levar um filme pra gente ver depois? Pode ser, Thaís? Seus pais vão concordar que a gente faça uma sessão de cinema na sua casa depois do trabalho? Preciso tanto me distrair, gente! Todo dia eu banco a babá do meu irmãozinho, estou precisando muito de uma folga das fraldas.

— Adorei a ideia! Não vai ter problema. Meu pai ainda está em Volta Redonda, só chega no fim da semana que vem. E minha mãe com certeza vai adorar conhecer minhas novas amigas.

— Então está fechado! — a Marina falou, empolgada. — E juro por tudo que é mais sagrado que não vou apertar botão nenhum do elevador. Vou até subir de escada!

Caímos na risada e entramos na sala.

* * *

Último tempo. Aquela seria a minha primeira aula de educação física. Lembrei logo da bronca da minha mãe. As duas turmas do nono ano fariam a aula juntas. Achei um exagero de gente, mas depois fiquei sabendo que era por falta de professor. Na semana seguinte, as turmas já estariam separadas. Entrei no vestiário feminino e peguei a camiseta e o short na mochila. Fiquei morrendo de vergonha de me trocar na frente de todo mundo. Ainda mais que estava usando justamente o meu conjunto de lingerie de bolinhas com borboletas. Lembrei daquela cena do filme *O diário de Bridget Jones* em que a Renée Zellweger usa uma calcinha gigante. Ela finalmente tem um encontro com o personagem do Hugh Grant e ele ri da calcinha dela, chamando de "calcinha de vovó". A minha era praticamente no mesmo estilo, e fiquei com medo que as garotas rissem de mim. Ai, Thaís... Você realmente precisa comprar calcinhas e sutiãs melhores! Conforto e beleza nem sempre andam juntos na escolha de lingeries. Mas eu estava tão sonolenta de manhã que nem lembrei que ficaria quase pelada na frente das outras garotas. Dei um tempo, me fingi de distraída, fui beber água e esperei o vestiário ficar mais vazio.

Mesmo assim, entrei discretamente na cabine do vestiário e comecei a trocar de roupa. Foi então que notei duas vozes cochichando do lado de fora. Curiosa, encostei o ouvido na porta de madeira para entender o que estavam falando.

— Brenda, estou tão feliz que você e o Pedro voltaram! Como foi? Ele te procurou?

— Não. Eu liguei pra ele e pedi que me encontrasse na saída do curso de inglês dele ontem à noite. Você sabe, né? Ele estuda praticamente do lado da minha casa, então eu quis aproveitar a chance. Pedi desculpas por ter sido tão ciumenta e falei que ainda gostava dele. O Pedro disse que ainda gostava de mim também e a gente voltou! Foi lindo!

— Você foi corajosa, hein? Como decidiu fazer isso? — A amiga, que eu não conhecia, estava realmente empolgada e não conseguiu manter baixo o tom de voz.

— Você não vai acreditar! — A Brenda deu gritinhos. — Tem o provedor que administra a conta do meu blog sobre o Dinho Motta. Eu tenho um banner pequeno com uma propaganda do próprio provedor, sabe? Alguém clicou nesse banner e criou um blog por meio dele. Sempre que alguém clica no banner e cria um blog, eu recebo uma notificação. Eles fazem isso pra incentivar a divulgação, e eu ganho um tipo de bônus toda vez que isso acontece. Vi na notificação que tinham criado um blog chamado Consultora Teen. Achei interessante e acessei. É uma espécie de consultório sentimental virtual para garotas. Você manda uma pergunta com a sua dúvida e a Consultora Teen responde. Pelo jeito que é escrito, parece ser uma psicóloga experiente. Enviei a minha pergunta, explicando a minha situação com o Pedro, só por curiosidade, pra ver no que ia dar. Logo em seguida ela me respondeu e me aconselhou a pedir desculpas. Criei coragem e liguei pra ele!

— Que história mais maluca! Mas você colocou o seu nome nesse tal blog? Como pode confiar assim em alguém pela internet, sua doida!

— Claro que não dei meu nome! Relaxa. É totalmente anônimo, o próprio blog diz isso. Com certeza é feito por algum profissional, é escrito todo certinho. Eu não sei quem responde, mas dá pra ver que essa pessoa sabe das coisas.

— Vamos indo, Brenda. Depois quero detalhes desse blog. Acho que tenho uma perguntinha pra mandar pra essa tal de Consultora Teen.

Ouvi a porta do vestiário bater e finalmente saí da cabine. Coloquei mecanicamente na mochila a roupa que havia trocado. A Matiko foi quem me tirou do transe.

— Thaís, você está bem? Está meio pálida. Está com dor de barriga?

— Estou bem sim. Acho que foi alguma coisa que eu comi, só isso. — Embarquei na sugestão dela, foi o que de mais inteligente me ocorreu naquele momento. — E está muito calor.

— Vamos para a quadra? A professora não gosta de atrasos e faz a chamada logo no início.

— Vamos.

Meu corpo estava caminhando para a quadra, mas minha mente viajava com tudo aquilo que eu tinha escutado. Era simplesmente inacreditável. Olhei as duas turmas reunidas, a Brenda conversando animadamente com o Pedro. Eu tinha sido a responsável por aquilo. O Cupido virtual.

Sempre que o Cupido aparece numa história, é caracterizado como um menino de cabelos cacheados e bochechas fofas, com arco e flecha nas mãos. Eu era a versão feminina do Cupido do século XXI. E usava calcinhas gigantes com estampa de bolinhas e borboletas. As flechas eram virtuais e a pontaria no escuro, para um alvo totalmente desconhecido. Eu estava chocada.

Esse provedor do blog é bem fofoqueiro, viu? Eu não fazia ideia de que, se clicasse no banner do blog da Brenda, ele ia me dedurar. Ainda bem que não coloquei meu nome nem nada. Era a única coisa que me impedia de sair correndo, matar a aula de educação física e me esconder no meu quarto.

Porém o mais estranho disso tudo é que eu não estava triste, só em estado de choque. Uma parte de mim achava que eu deveria estar chorando de ódio de mim mesma, já que devolvi de bandeja para a ex-namorada o garoto mais gato que já conheci na vida. Mas eu olhava para o casal e via que eles combinavam perfeitamente. Como bolo de chocolate e brigadeiro. Sorvete de creme e calda de caramelo. Ou queijo e goiabada. Minha mãe está coberta de razão — eu só penso em comida!

Tentei me concentrar na aula. Do jeito que estava distraída com minha grande descoberta, seria muito fácil tropeçar nos próprios pés e me esborrachar no chão. A professora separou os meninos das meninas. Eles ficaram nas quadras externas jogando vôlei e futebol. E, dentro do ginásio, parte das meninas treinava arremessos de basquete ou fazia rodinhas de vôlei. A Brenda foi para a turminha do vôlei, então corri para o basquete. Quando a aula acabou, eu estava muito suada. Como muita gente estava indo embora com o uniforme de educação física, fiz o mesmo. Peguei a minha mochila e saí praticamente voando. Mas era tarde demais.

— Thaís? — Eu já estava perto do portão de saída quando escutei o Pedro me chamar. Quando virei, ele estava com a Brenda. Meio óbvio. — Thaís, você conhece a minha namorada, a Brenda?

— Só de vista. — Sorri para ela. — Oi, Brenda, tudo bem?

— Tudo. — Ela sorriu também, bastante simpática. — Está gostando do Portobello?

— Estou sim! Estou adorando. Já fiz algumas amizades e logo vou me acostumar com tudo.

— O Pedro disse que você é muito legal. Que bom que está fazendo amizades. Podemos ser amigas também?

Para tudo! Numa fração de segundo vasculhei minha memória em busca da última vez em que alguém tinha me feito essa pergunta. Acho que eu tinha uns 8 anos. Estava no parquinho com a minha avó e uma garota me chamou para brincar no escorrega. Que pergunta mais estranha quando se tem 14... "Podemos ser amigas?" A coisa vai acontecendo e pronto, não precisa perguntar. Mas, enfim, esse dia estava bastante maluco...

— Mas é claro! — respondi, sem acreditar no que estava falando. Até poucos minutos atrás eu suspirava pelos olhos verdes do Pedro, e agora seria amiga da namorada dele? O cargo de Cupido já não era suficiente?

— Que bom! Adoro ter novas amigas! — Ela continuava extremamente simpática, para meu total desconforto. As meninas não tinham dito que ela era toda metida e nojenta? Ou elas estavam muito enganadas, ou a Brenda era uma falsa.

— Eu vou embora com você, Thaís. A Brenda mora do outro lado. Até amanhã, meu amor. — Ele deu um beijinho de leve nela.

— Até amanhã, meu lindo. Depois a gente se fala. Tchau, Thaís! Cuida bem do meu namorado.

— Pode deixar, vou cuidar direitinho. — A minha vontade era cair na gargalhada, mas me segurei.

O Pedro estava todo falante, como sempre. Ele já era descontraído por natureza, só que agora estava muito mais.

— Está contente por ter voltado com a Brenda, né, vizinho?

— Estou, Thaís. — Ele até corou quando respondeu. — Eu gosto da Brenda. Ela foi ciumenta, e eu um pouco orgulhoso. Mas ontem a gente conversou e agora estamos bem.

— Fico feliz por você. Quer dizer... por vocês dois. — E, de novo, o sentimento estranho de que eu realmente estava falando a verdade.

Assim que cheguei em casa, mandei um e-mail para a Fabiana contando tudo o que tinha acontecido. Detalhe por detalhe. Sobre o blog, o Cupido de plantão que eu havia me tornado, sobre não ter ficado triste com a situação e a bronca que levei da minha mãe por estar comendo e dormindo demais. O e-mail ficou enorme, parecia um testamento; fiquei até cansada de tanto digitar.

Depois tomei um banho, esquentei o almoço e me esparramei no sofá com os livros de história e de geografia. Tive que me esforçar para não dormir. Eu não sabia ainda que atividade física fazer. O Sidney se inscreveu na escolinha de futebol do Portobello. Estava todo animado, pois, como estava estudando bastante para o vestibular, era uma forma de se exercitar e se distrair ao mesmo tempo. Medicina não é uma escolha fácil, mas ele estava confiante.

Fiquei lendo até quase seis da tarde. A minha mãe logo chegaria do trabalho, então fui para o computador ver se a Fabiana tinha me respondido.

De: Fabiana Araújo
Para: Thaís dos Anjos
Assunto: RES: Você nem imagina o que aconteceu!

Amiga,
Que enredo de novela das seis, hein? Acho que você devia mandar currículo para os canais de televisão para trabalhar como roteirista. Ia ganhar um bom dinheiro!
Se eu te disser que achei tudo isso muito fofo, você vai brigar comigo? Sem querer, você ajudou duas pessoas que ainda se gostavam!
Eu acho que entendo por que você não ficou triste. No fundo, você estava encantada com a beleza e a simpatia do Pedro, mas não estava apaixonada. Como foi o primeiro gatinho que conheceu no Rio e ele te tratou bem, se tornou importante pra você. Lembra que aconteceu isso comigo? Com o André?
Eu esqueci o livro de matemática no colégio e tinha prova no dia seguinte. Mesmo sendo o caminho oposto da casa dele, ele fez questão de ir até a minha casa devolver, pois sabia que eu ia precisar do livro para estudar e ficou preocupado. Achei aquele gesto tão encantador que pensei que estava apaixonada. Mas na verdade ele só tinha sido legal comigo, e eu entendi tudo errado. Será que o seu caso não é parecido com o meu?
Sobre a atividade física que a tia Celina quer que você faça, eu ia sugerir que você caminhasse no calçadão de Copacabana todos os dias, mas é longe da sua casa. Então, desculpa, eu realmente não sei.
E o blog, bom... Com toda a sinceridade? Eu acho que você não devia excluir. Você ajudou duas pessoas, uma que perguntou e outra indiretamente. Realmente esse caso me fez pensar... Quem sabe você não pode ajudar

  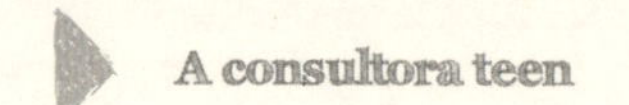

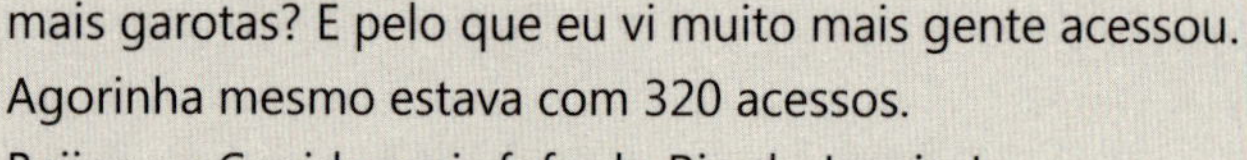

mais garotas? E pelo que eu vi muito mais gente acessou.
Agorinha mesmo estava com 320 acessos.
Beijos no Cupido mais fofo do Rio de Janeiro!
Fabi

O quê?! O blog teve 320 acessos em dois dias?

Acessei a página, entrei com o login e a senha e era aquilo mesmo. Na verdade, no intervalo entre o e-mail da Fabi e agora, havia trinta novos acessos. E mais duas perguntas para responder. Mais tarde entendi o motivo da popularidade: a Brenda tinha indicado o blog da Consultora Teen no dela. Então, parte das fãs do Dinho Motta que acessaram o blog dela entrou no meu também.

Bateu um medo desgraçado! Não. Não vou contar a ninguém que eu sou a Consultora Teen. Só a Fabiana vai saber, mais ninguém. Sério, não sei se acho graça nisso ou se fico nervosa. Eu criei uma identidade secreta totalmente sem querer. Que troço doido!

Pensei, pensei e, apesar de parecer que meu cérebro ia pegar fogo, cheguei a uma conclusão. Vou seguir o conselho da Fabi. Se eu puder ajudar mais garotas como eu, vou manter o blog. Eu ia começar a responder as duas perguntas quando escutei um barulho. Era a minha mãe abrindo a porta da cozinha. Resolvi deixar para mais tarde e ajudá-la com o jantar. Não quero que ela saiba do blog. Pelo menos por enquanto...

8
Usando meus conhecimentos teóricos

Arrumei os livros na mochila e guardei algumas roupas que estavam espalhadas. Depois, resolvi responder as duas perguntas enviadas para a Consultora Teen. Usei a mesma tática de antes: fingir que eu era uma adulta experiente, aquela tal psicóloga que toma cappuccino nos corredores da redação da *Universo Teen*. Bom, na minha cabeça é assim que funciona! Se é verdade eu não faço a mínima ideia. Vesti a personagem da Consultora Teen, coloquei meus óculos imaginários de intelectual sabe-tudo e bolei as respostas.

> Eu tenho 14 anos e nunca namorei nem fiquei com ninguém. Minhas amigas não sabem, tenho vergonha que elas descubram que eu nunca beijei. Conheci um garoto muito fofo e ele me convidou para ir ao cinema. Acho que ele está gostando de mim e eu dele. Aceitei o convite, mas estou com medo que ele perceba que não tenho experiência caso tente me beijar... O que eu faço?

Sempre que vamos fazer algo pela primeira vez, sentimos um tremendo frio na barriga, não é mesmo? Mas, se deixarmos o medo nos impedir de tentar, nunca vamos saber como é andar de montanha-russa, de bicicleta ou de avião.

Se você é inexperiente, não precisa contar para as amigas. Até porque não existe uma regra escrita em lugar algum que defina uma idade certa para começar a namorar. A decisão de iniciar um namoro é muito particular e não deve ser tomada por causa da pressão dos amigos. Isso é algo só seu, de mais ninguém.

Saia com o garoto, vá ao cinema e divirta-se bastante. Se ele quiser te beijar, não fique pensando em técnicas ou no que ele vai achar. Deixe o sentimento te levar e curta o momento. E para aprender a beijar não tem outra saída — só se aprende fazendo!

Beijos,
Consultora Teen

Eu, a rainha oficial das BVs, mandando a garota relaxar. Que piada! Mas vamos lá, continuando...

Consultora, o pessoal da minha turma do colégio vive implicando comigo só porque sou gordinha. Fico muito chateada, principalmente quando são os meninos que fazem as brincadeiras. Você acha que eu devo fazer um regime para o pessoal largar do meu pé?

Implicar, colocar apelidos não é legal. Tente não dar ouvidos a esses comentários. Quando não ligamos, as pessoas se cansam. Mas, se achar que as "brincadeiras" estão indo além da conta, converse com seus pais ou professores. Eles precisam saber como você está se sentindo, para poder ajudá-la da melhor maneira. O colégio é um lugar onde você precisa se sentir bem para fazer amigos e aprender coisas importantes para o seu futuro.

Quanto a fazer regime, essa é uma decisão sua. Se você se sente bem como está, não tem que mudar para agradar ninguém. Porém é sempre bom lembrar que dietas balanceadas são benéficas não só por questões estéticas, mas também proporcionam mais saúde e disposição. Escolhendo esse caminho, peça a seus pais que te levem a um nutricionista. Esse profissional vai saber indicar direitinho como balancear sua alimentação de acordo com suas necessidades.

Beijos e boa sorte!
Consultora Teen

Adorei bancar a psicóloga. As revistas teen estão perdendo uma excelente colunista. Eu arrasei nas respostas, uhuuuu! De certa forma, senti que não estou sozinha no mundo. Nós, garotas, sofremos com problemas semelhantes, e se todo mundo se ajudasse seria muito mais fácil. E a minha mãe ia adorar a segunda resposta. Ainda bem que o pessoal que acessa o blog não sabe que eu funciono como naquele velho ditado: "Casa de ferreiro, espeto de pau". Ironias do destino... Desliguei o computador e fui dormir.

A quinta-feira passou voando. Depois do colégio, fiz faxina em casa. Lembra da nova amiga da família, a dona Economia? Pois é... Nada de diarista ou empregada. "Vocês já estão bem grandinhos, vamos aprender a arrumar a casa de uma vez por todas!", foi o último discurso da mamãe. Se teríamos visitas, o apartamento precisava estar limpo. Mas pensa que fiz tudo sozinha? Claro que não! A minha mãe disse para o Sidney que ele teria que colaborar. Eu ia receber as meninas para o nosso trabalho em grupo, mas os novos amigos dele também não viriam para jogar videogame? Ele ficou uma fera, mas não teve jeito. Limpou o próprio quarto, o banheiro e a sala. Eu fiquei com o meu quarto, a suíte dos meus pais e a cozinha. Ufa! Depois do jantar caí morta de cansaço. Nem liguei o computador.

E finalmente era sexta! Dia da reunião do nosso grupo do trabalho de história. Como veríamos filme depois, minha mãe deixou que eu comprasse milho de pipoca e refrigerante. As garotas ficaram encarregadas de trazer um bolo de chocolate.

Quando cheguei ao colégio, por onde eu passava ouvia um buchicho de garotas das mais diferentes turmas sobre o blog da Consultora Teen. Achei engraçado, mas fiquei quieta. Eu não o acessava desde quarta-feira à noite.

— Está sabendo do blog do momento, Thaís? — a Marina perguntou quase em estado de euforia.

— Que blog? — Fiz cara de paisagem. — Algum novo sobre o Dinho Motta?

— Que Dinho que nada! É um blog que responde as perguntas das garotas sobre namoro, amizades, essas coisas. Não é fantástico?

— E o que isso tem de tão inédito? As revistas de adolescentes fazem a mesma coisa todo mês. E tem vários livros que explicam um monte de questões. — Continuei com cara de paisagem.

— Você sabe que a Brenda voltou com o Pedro. — Fiz que sim com a cabeça para a Marina. — Ela falou que isso só aconteceu porque a Consultora Teen a aconselhou a tomar uma atitude. E, como serviu para a Brenda, a garota mais popular e bonita do nono ano, as meninas do Portobello estão enlouquecidas querendo resolver a própria vida nesse blog. E eu também, lógico.

Não sei como a Brenda teve coragem de confessar isso para todo mundo. Não era segredo? Mas, enfim, por causa dela o meu blog estava famoso no colégio inteiro. Tive que me segurar muito para não rir. Gargalhar, na verdade. Eu passava pelas garotas e elas não faziam a menor ideia de que a novata do nono ano, recém-chegada de Volta Redonda, era a tão famosa Consultora Teen, que tinha ajudado a Brenda a reatar com o Pedro. Como diria a Fabi, realmente parece até enredo de novela. Hahahaha! Mas tentei não dar muita importância. Afinal de contas, eu fiz o blog de brincadeira. Acho que é só uma empolgação de momento. Daqui a pouco, todo mundo vai esquecer esse assunto. Bom, assim espero.

A manhã passou tranquila. Corri para casa para almoçar e descansar um pouquinho. As meninas ficaram de vir às três da tarde.

Quando elas chegaram, as levei para o meu quarto e fechei a porta. O Sidney também ia receber uns amigos lá em casa para jogar videogame no quarto dele.

— Adorei o seu cantinho, Thaís! — a Matiko elogiou.

— Obrigada, que bom que gostou! Estou decorando aos poucos. As paredes estão precisando de quadros ou alguma outra coisa, não sei. Ainda não resolvi o que fazer com elas.

— Que tal colocar fotos? — a Marina opinou. — Eu tenho um painel metálico bem grande, todo vazado de estrelinhas, para prender fotos com ímãs. Tem de várias cores e tamanhos. Não custa caro e fica lindo. Bom, é só uma opinião. Acho que você já percebeu, pelo meu perfil no Facebook, que eu adoro tirar fotos! — Ela fez pose de metida e riu de si mesma. — Posso te levar na loja em que eu comprei o meu.

— Adorei a sugestão! — Olhei para a parede mais perto da cama, imaginando o tal painel. — Depois vamos tirar umas fotos nossas? Para comemorar nossa primeira semana de amizade? Vão ser as primeiras fotos do quadro. Depois que a gente postar na internet, claro.

— Vamos! — a Bia concordou. — Mas antes vamos fazer logo esse trabalho?

— Ficou combinado que vamos falar sobre o Mauricio de Sousa, certo? — confirmei. — Já dei uma boa olhada na internet e separei alguma coisa. Como cada uma trouxe o próprio notebook, vou passar a senha do wi-fi pra vocês.

— Acho que, para ir mais rápido, cada uma podia pesquisar uma época da vida dele e depois juntamos as partes — a

Matiko sugeriu. — Eu adoro pesquisar o que a pessoa fazia antes da fama. Posso ficar com essa parte?

Todas concordaram. Tinha muita coisa na internet para ajudar no nosso trabalho. Mas não foi fácil de fazer, apesar de sermos quatro cabeças pensantes. "Se eu perceber que vocês apenas copiaram e colaram textos da internet, vou dar zero na hora", o professor Camargo tinha ameaçado. Assim, seria preciso reescrever tudo em nossas próprias palavras. A Bia juntou todas as partes com a formatação que o professor tinha pedido e colocamos várias fotos legais. Já tinha anoitecido quando finalmente terminamos e fomos para a cozinha preparar pipoca.

Ao passarmos pelo quarto do Sidney, vi que ele estava lá com o Pedro e outro garoto, que eu não conhecia. Quando o meu irmão viu as meninas, ficou todo assanhadinho e nos chamou. Como se eu não o conhecesse perfeitamente bem.

— Thaís, não vai apresentar a gente para as suas amigas? — falou, fazendo charme.

— Essas são a Bia, a Matiko e a Marina, da minha turma do Portobello — apontei para cada uma delas. — Esse é o Sidney, meu irmão, o Pedro, que vocês já conhecem, e o...

— Meu nome é Pablo. Sou da 1102, do primeiro ano. E sou irmão da Brenda.

— Você é irmão da Brenda? — Fiquei um pouco admirada e não disfarcei o espanto, o que fez a minha voz sair igual à de uma gralha. Ele apenas sorriu para mim, fazendo que sim com a cabeça. Fiquei um tanto atrapalhada e resolvi ir logo para a cozinha, antes que eu pagasse mais algum mico.

Deixamos os garotos jogando e fomos estourar pipoca. Fiquei em estado de choque com o irmão da Brenda. Ele é bonito, tem charme, mas não tem a beleza da irmã. Também, né?

Ela é deslumbrante. Eles têm basicamente a mesma altura e a mesma cor de olhos e cabelos, mas ele parece ser... como eu vou dizer... mais comum, como o restante dos mortais. Só que ele tem alguma coisa a mais, que eu não sei bem como explicar... Um magnetismo, talvez.

— Que filme vamos ver, Matiko? — Tentei mudar o foco dos meus pensamentos para as meninas não perceberem como eu tinha ficado impressionada com o Pablo.

— Eu trouxe um filme brasileiro que todo mundo vai gostar: *As melhores coisas do mundo*, da Laís Bodanzky. Eu adoro filmes nacionais!

— Eu já vi, achei muito legal! — a Bia falou, já com a boca cheia de pipoca. — Fala de coisas que gente da nossa idade passa. Vai ser bom ver mais uma vez.

Levamos os potes de pipoca e os copos de refrigerante para a sala e, quando o filme ia começar, os três apareceram.

— Podemos ver também? — o Pedro perguntou, com sua natural simpatia.

E haveria outra resposta além de "sim"? Ainda mais depois que a Marina babou com o guaraná, logo que eles entraram na sala. Ela nem conseguiu disfarçar, deu até vergonha alheia.

Éramos sete ao todo. Os sofás ficaram meio apertados, então o Sidney e o Pedro sentaram no chão, se apoiando em algumas almofadas. O Pablo sentou do meu lado e sorriu para mim. Meu coração começou a bater acelerado. Eu, hein? O que é isso, dona Thaís? Não tem nem quinze minutos que você conheceu o garoto e já está desse jeito?

O filme era ótimo, em várias partes a gente riu muito. E, quando rimos muito, naturalmente mudamos de posição, sem querer, certo? Tanto que a perna do Pablo encostou na minha em alguns momentos. Ele estava de bermuda e eu também. Comecei a sentir um calor no pescoço! Mas por que no pescoço, se a parte do corpo que estava encostando era a perna? E que perfume maravilhoso era aquele que ele estava usando? Acho que depois vou precisar pegar o filme emprestado para rever algumas cenas, pois aquele perfume me desconcentrou várias vezes.

Assim que o filme acabou, corri para a cozinha para pegar mais refrigerante. Com bastante gelo. Precisava apagar a fogueira maluca que queimava dentro de mim. Que espécie de calor era aquele, que vinha de dentro para fora? Naquele bando de revistas com dúvidas de adolescentes, ninguém nunca falou que essa sede louca ia bater. E quem entra na cozinha bem nesse momento? O Pablo.

— Thaís, você pode me arrumar um copo de água?

— Claro! — respondi, já abrindo a geladeira. Será que ele também estava sentindo a tal sede incontrolável? Menos, Thaís... Menos, por favor. Se controle!

— Foi bem divertido. Eu curti! — Ele sorriu e levou o copo aos lábios, sem tirar os olhos de mim.

— Nossa, muito divertido mesmo! Chego a estar com dor no abdômen de tanto rir.

— O seu irmão é legal, o Pedro que me apresentou. Eu já tinha visto você com eles perto dos portões do Portobello.

— Já tinha visto? Ahhh... — Pisquei algumas vezes, me perguntando mentalmente o porquê de não tê-lo visto antes. Claro! Ele é do ensino médio, estuda em outro prédio. E, como eu estava hipnotizada pelos olhos verdes do Pedro, não consegui enxergar nada além disso na primeira semana de aulas.

— Acho que agora vamos nos ver mais vezes. — Ele continuava me encarando, e isso me dava uma coisa por dentro. O Pablo terminou de tomar a água e colocou o copo vazio em cima da pia. — Bom, vou indo nessa. Já me despedi do pessoal. Posso sair aqui pela cozinha mesmo?

— Pode, claro. — Lá no fundo eu lamentei que ele já estivesse indo embora, mas sorri conforme abria a porta. — Tchau, Pablo. A gente se vê.

Ele se aproximou de mim, tirou o cabelo que caía no meu rosto e me deu um beijo na bochecha. Parecia que eu tinha levado um choque, da cabeça aos pés. Ele já tinha saído do apartamento em direção ao hall dos elevadores e eu continuava ali, paralisada, segurando o meu copo vazio. Fechei a porta e o coloquei na pia, do ladinho do copo dele. Não sei por quanto tempo fiquei ali parada, olhando para a esponja e o detergente, como se fossem grandes obras de arte, dignos de contemplação. O beijo dele parecia um carimbo no meu rosto, e eu ainda sentia seu perfume. Só saí do transe quando ouvi o barulho da porta sendo aberta novamente. Era a minha mãe chegando do salão de beleza.

— Oi, filha, tudo bem? Caramba! Dá para ouvir o falatório daqui de casa lá do hall dos elevadores.

— Ai, mãe, desculpa! — Levei as mãos ao rosto, já me preparando para a bronca pela bagunça. — Seu novo corte de cabelo ficou lindo. O papai vai adorar!

— Não precisa pedir desculpa. — Ela riu, me dando um beijo na testa, para depois balançar os cabelos, se fingindo de metida. — Na verdade, estou é muito contente! Viu só o que eu disse pra você assim que a gente se mudou? Na primeira semana de aulas essa casa já está tomada pelos seus novos amigos. Que continue sempre assim. Ah, seu pai me ligou e disse que vem na sexta-feira à tarde.

— No dia do show do Dinho Motta? Nem vou poder ficar muito tempo com ele para matar as saudades. Mas eu compenso no fim de semana. Mãe, você comprou meu ingresso, né?

— Claro que comprei, está aqui. — Ela abriu a bolsa e balançou dois papeizinhos no ar. — Para você e para o Sidney.

— O Sidney vai ao show? — Fiz cara de tédio. — Pronto, vai chover no dia! Vai ser no ginásio, né? Se for em um lugar descoberto, já era.

— Quer parar de implicar? — Ela fez uma careta. — Ele me pediu pra comprar. Vai ser bom vocês irem juntos. Assim você tem companhia para voltar pra casa depois, apesar de ser bem pertinho.

— Ainda bem que as garotas também vão. Vai ser divertido! Meu primeiro show do Dinho, nem posso acreditar! — Dei pulinhos e beijei o ingresso.

O tempo passou voando e, quando percebemos, já era quase meia-noite. O pai da Bia passou de carro e levou as meninas para casa. Dei uma ajeitada na sala antes que a minha mãe reclamasse da bagunça. Apesar de toda a agitação, ainda estava sem sono, então resolvi ir para o computador. Baixei as fotos que tiramos, ficaram ótimas!

Nas fotos em que estavam somente as meninas, fizemos poses fingindo estar esgotadas de tanto pesquisar para o trabalho. A Marina inventava mil poses loucas. Das três, ela é a mais extrovertida. Também, pudera. Postar vídeos de maquiagem na internet requer bastante coragem. Bom, pelo menos eu precisaria de muitas doses de cara de pau! A Matiko, por causa do aparelho nos dentes, nunca sorri abertamente nas fotos. "Eu odeio esse troço! Não vejo a hora de tirar isso", ela reclama o tempo todo. O Arthur, namorado dela, diz que o aparelho é um charme a mais. "Ele só pode ter algum problema na cabeça!", ela zoou o próprio namorado de forma tão engraçada que a gente chorou de rir. Fiquei com vontade de perguntar como era beijar de aparelho, mas tive vergonha. Será que machuca?

Quando fomos para a sala, o exibido do meu irmão logo quis tirar fotos. Notei que a Bia ficou entusiasmada demais com isso. Será que ela está a fim do Sidney? Se estiver, tadinha. Ele nunca leva ninguém a sério. Se bem que ele disse que estava querendo namorar, e espero que seja verdade. Tiramos várias fotos com os meninos, e, como eu estava sentada ao lado do Pablo, ele acabou tirando uma selfie nossa. A foto ficou simplesmente sensacional. Com a imagem ampliada no monitor, senti os olhos arderem. Eu tinha me esquecido de piscar.

Ao atualizar o meu perfil no Facebook com as fotos, dei de cara com a miniatura da foto do Pablo. Ele já estava na lista de amigos do Sidney e apareceu nos comentários de uma publicação do meu irmão. Não resisti e comecei a fuçar o perfil dele. Não parecia ter nenhuma namorada por ali. De repente me peguei sorrindo. Comecei a brigar com meus próprios pensamentos. *Muito bem, dona Thaís. Até ontem você achava que estava a fim do Pedro, agora já está pensando no irmão da ex-rival? Aonde pensa que vai chegar desse jeito?*

Parei para refletir. Quantas vezes eu pensei na palavra *namoro* esta semana? Incontáveis. Estou com pensamento fixo, impressionante. Será que devo culpar os hormônios? Ou a culpa é minha, desde que passei a reparar mais nos garotos, de uma hora para a outra?

Sabe de uma coisa? Não tenho motivo para me sentir culpada de nada. *Meu lindo e livre coração adolescente não pertence a ninguém.* Afff, que pensamento poético, hein? Hahaha! Dá até para fazer aquelas imagens com frases que a galera adora compartilhar nas redes sociais.

Cliquei no botão para adicionar o Pablo como amigo. Minhas mãos ficaram suadas só de fazer isso. Agora era esperar que ele me aceitasse. Ai, caramba. Lá vem aquele calor de dentro para fora.

Como já fazia dois dias que eu não entrava no blog da Consultora Teen, acessei para ver como as coisas estavam. Eu havia ficado tão enrolada com faxina e trabalho do colégio que nem tive tempo de ver se mais alguém tinha postado alguma pergunta. E, como já havia se tornado tradição nos últimos dias, senti meus olhos se arregalarem, que nem nos desenhos animados. Se eu não estivesse sentada, com certeza teria caído no chão com o susto. E bota susto nisso!

9 Muito além da simples teoria

Está mais do que decidido. Ninguém nunca, nunquinha vai poder saber que a Consultora Teen sou eu. Como eu confio na Fabi de olhos fechados, sei que ela jamais vai me denunciar.

Entrei em pânico total! O blog recebeu até agora mais de três mil acessos, e tenho nada mais, nada menos que 150 perguntas para responder.

Como eu não tinha compromisso no sábado de manhã, minha mãe não se importou que eu ficasse até mais tarde na internet na sexta. Ela chegou a passar no meu quarto para saber o que eu estava fazendo. Uma parte de mim até quis contar a verdade, mas fiquei com medo de levar bronca. Falei que estava contando as novidades da semana para as minhas amigas do antigo colégio de Volta Redonda e ela acreditou. Disse que estava muito cansada e que já ia dormir. O Sidney ficou jogando videogame e nem se lembrou da minha existência.

E eu ali, na solidão do meu quarto, respirei fundo enquanto olhava para a tela. Por onde começar? Eu estava completamente atordoada. Antes de mais nada, mandei um e-mail para a Fabi.

Contei da explosão de acessos e de perguntas no blog, do trabalho de história e da súbita atração pelo Pablo. Depois, fui lendo pergunta por pergunta. Muitas garotas explicaram que tinham conhecido o blog por causa da Brenda, então deduzi que grande parte da avalanche de perguntas vinha do Portobello. Sem querer, eu agora sabia dos dilemas amorosos de praticamente todas as garotas do colégio. Mas, como eu mesma escrevi no dia em que criei o blog, as perguntas eram anônimas. Eu conhecia os problemas, mas não sabia de quem eram.

Também havia perguntas de outros lugares do Brasil! Consultei alguns IPs e vi que eram de São Paulo, Brasília e até mesmo de Salvador. Que poder a Brenda tem. Bastou ela indicar o blog para que todos quisessem segui-la. Quando cheguei à metade da leitura, meus olhos ardiam de sono, mas eu não ia conseguir dormir sem resolver aquilo tudo. Respirei fundo e voltei a ler.

Muitas das perguntas eram praticamente iguais. Isso significava que, não importa se você mora no Nordeste ou na região Sul, os costumes e sotaques até podem ser diferentes, mas as dúvidas da adolescência são as mesmas para todos.

Eu simplesmente não tinha condições de responder individualmente cada uma delas. Naquele momento entendi o porquê de não ter recebido resposta da *Universo Teen*. Se um mero blog desconhecido de uma consultora secreta, resultado de uma brincadeira inocente, tinha recebido aquela quantidade de dúvidas, imagine a redação de uma das revistas mais famosas do Brasil.

Escolhi as duas perguntas que mais se repetiam e bolei uma resposta para cada. Algumas eram bem difíceis, e cheguei à con-

clusão de que eu não tinha competência para respondê-las. Seria de extrema irresponsabilidade falar de algo que eu não sabia. Perguntas relacionadas a vida sexual, violência doméstica e até gravidez na adolescência. Eu estava exausta. Mesmo assim, deixei um recado geral para as leitoras e escrevi as respostas às duas perguntas mais representativas.

Queridas leitoras do blog Consultora Teen,

Agradeço a confiança depositada por vocês neste blog ao compartilharem seus problemas e dúvidas comigo. Recebi centenas de perguntas e por ora responderei duas delas, por representarem as que apareceram com maior frequência. Peço um pouco de paciência, pois as outras perguntas serão respondidas em breve.

> Eu gosto muito do meu namorado, mas ele sempre escolhe o que vamos fazer. E muitas vezes eu não gosto dos programas e acabo indo só para ele não ficar chateado. Devo falar isso para ele?

Você ainda tem dúvidas? Claro que sim. Você não fala para não chateá-lo, mas quem fica chateada é você. Se você não contar, como é que ele vai saber, não é mesmo? Mas não chegue aos berros, gesticulando e dizendo coisas do tipo: "Poxa vida, toda vez você quer ver filmes violentos! Eu odeeeeio esse tipo de filme!"

Em vez disso, converse mais com ele para descobrir os gostos em comum ou tente negociar. Você topa ir com ele ao futebol, por exemplo, mas também quer que ele te acompanhe ao shopping.

Quando as pessoas começam a namorar, muitas vezes pensam, de forma totalmente equivocada, que devem ficar grudadas o tempo todo. Que um não pode sair se o outro não estiver do ladinho, respirando o mesmo ar. Não é bem assim. Se aparecer um programa do tipo, sei lá, um festival de comida japonesa e ele preferir feijoada, tudo bem. Vá com as amigas e marque de se encontrarem depois. Vai até bater uma saudade gostosa!

Beijos,
Consultora Teen

O meu pai vive pegando no meu pé e não me deixa sair de casa! Ele acha que tudo é perigoso. Recebo convites para festas de aniversário e ele não me deixa ir. Eu tenho 15 anos e quase todas as minhas amigas têm a mesma idade. Fico muito triste quando chego ao colégio na segunda-feira e elas estão contando como a festa foi divertida. Não aguento mais isso. Ele não está exagerando?

Quando assistimos aos noticiários, vemos as manchetes nas bancas de jornais ou mesmo na internet, temos acesso a notícias não muito agradáveis. Se o seu pai está com medo de que algo de ruim aconteça com você, isso de certa forma demonstra quanto ele a ama e quer vê-la protegida. Mas ficar trancada dentro de casa também não é legal.

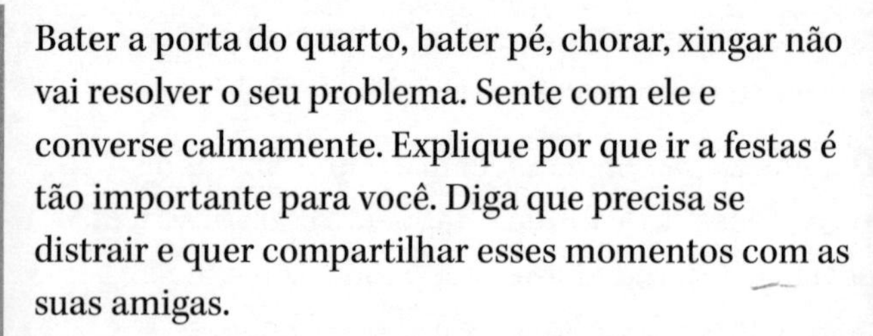

Bater a porta do quarto, bater pé, chorar, xingar não vai resolver o seu problema. Sente com ele e converse calmamente. Explique por que ir a festas é tão importante para você. Diga que precisa se distrair e quer compartilhar esses momentos com as suas amigas.

Combine um horário para que ele busque você e seja pontual. Apresente a ele os pais das suas amigas que também vão à festa. Assim, de repente eles podem se revezar: um leva vocês e o outro busca.

Conforme o tempo for passando e você cumprindo o combinado, ele vai ficar mais tranquilo e confiar mais em você. E, percebendo que não tem nada de mais, pode até passar a deixar você ir sozinha. Acho que não custa nada tentar, não é mesmo? Boa sorte!

Beijos,
Consultora Teen

Demorei tanto para redigir as respostas e atualizar o blog que deu tempo de a Fabi ver o meu e-mail e me responder.

De: Fabiana Araújo
Para: Thaís dos Anjos
Assunto: RES: A coisa fugiu do controle! Socorro!

Minha linda e fofa Thaís,
Antes que você se espante e me pergunte por que estou na internet a uma hora dessas, preciso te contar a novidade: conheci um garoto lindo! Acabei de chegar de uma festa onde dançamos juntos. O nome dele é Leonardo e ele dança muuuito bem. Não ficamos nem

nada, mas ele pegou o meu telefone. Será que vai ligar? Bom, tive que dar o número do fixo, né? O maior mico. Menti que o meu celular estava quebrado. Essa festa estava planejada fazia um tempão. De início minha mãe não queria me deixar sair, mas eu argumentei que o castigo tinha a ver com o celular e não incluía festas. Ela teve que aceitar, hahaha! Ainda bem!
Sobre tudo o que você relatou no seu e-mail, vamos aos meus pensamentos. Aproveite que eu estou inspirada depois da noite maravilhosa de hoje!

1) Pelas fotos, gostei do tal do Pablo. Até mais que do Pedro. Quem diria que você ia ficar caidinha pelo irmão da ex-rival, com a possibilidade de ela virar a cunhada? Ô mundinho doido!
2) Quando você fez o blog de brincadeira, estava até se divertindo. Afinal de contas, não imaginava que alguém fosse ler. Eu até te incentivei a manter, mas a internet tem um poder incrível de espalhar notícias. Boas e más. Em uma fração de segundo! Que semaninha mais agitada a sua, hein?
3) Senti que você está aflita com isso e fiquei preocupada. Como te conheço desde os 5 anos de idade, só poderia esperar que você respondesse as perguntas enviadas dando bons conselhos. Mas isso me fez pensar e me deu até um frio na espinha. E se fosse o contrário? E se você aconselhasse as pessoas a roubar, agredir ou mesmo usar drogas? Eu conheço você, sei do seu caráter. Sei que é você por trás daquelas respostas, mas as outras garotas não. Você não acha que é uma coisa muito louca elas confiarem as próprias dúvidas a uma pessoa que elas nem conhecem? E, pior, quererem que essa pessoa resolva seus problemas? Elas não sabem quem você é! Cara, sério, realmente muito doido tudo isso.

4) Eu não conheço, mas acredito que exista algum site realmente confiável para enviar perguntas, com pessoas competentes para responder. Na própria *Universo Teen*, não são pessoas com formação em psicologia ou algo do tipo que respondem aos leitores? Você é apenas uma adolescente, tão ou mais problemática do que aquelas que escreveram. Você consegue conversar com seus pais, já eu não. Minha mãe é legal, mas certos assuntos infelizmente não consigo conversar, ela não me dá abertura. Nas nossas dúvidas, aprendemos juntas, recorrendo aos livros. Todo o nosso conhecimento teórico vem daí. Você e eu sabemos um bocado de coisas, mas temos zero de prática. Aliás, preciso comentar! Você escreve muito bem lá, viu? Parece uma adulta experiente. Vai ver é por isso que mandaram tantas perguntas, acham que você sabe de tudo mesmo! Hahahaha! Gente, que história mais maluca. Leitura em excesso + mãe advogada que fala difícil = filhinha que escreve bem.

Nunca fui dormir tão tarde! Estou ficando vesga de tanto sono e não consigo mais pensar coisa com coisa.
Reflita sobre o que eu disse e depois conversamos mais.
Acho que filosofei o suficiente por hoje. Meus pobres neurônios estão até se estapeando, coitadinhos! Rsrsrs...
Tente sonhar com o Pablo aí que eu vou tentar sonhar com o Leonardo aqui.
Beijos da sua amiga dançarina,
Fabi

Viu por que eu adoro a minha amiga? Ela diz coisas realmente sensacionais. Vivemos em total sintonia de pensamentos. Ela sentiu que eu estava aflita e ficou preocupada.

Assim como ela, eu estava vesga de sono. Resolvi, enfim, desligar o computador e ir dormir. No exato momento em que eu ia me desconectar, apareceu a seguinte mensagem: "Pablo Telles aceitou a sua solicitação de amizade". Sorri.

10 Reflexões

Acordei quase na hora do almoço. Minha mãe entendeu que foi uma semana agitada e que dormir até mais tarde no sábado era até esperado.

Ao chegar à cozinha, senti um cheiro incrível de macarronada invadir o ambiente. Meu estômago roncou. E alto! Ela riu.

— Não vai ficar enjoada almoçando logo depois de acordar, Thaís? Eu preciso tomar pelo menos um café com um pãozinho.

— Acho que não, mãe. Não vou aguentar esperar, o cheiro está sensacional. Cadê o Sidney?

— Foi jogar bola na praia com o Pedro e outros garotos.

— Poxa, nem para me esperar! Claro que eu não ia jogar bola, mas podia pegar uma corzinha.

— Você, no meio de um bando de garotos? Minha filha está mudada mesmo. Onde está a boa e velha garota tímida?

— Acho que ela cansou de ser tímida e está dando lugar a uma garota mais aberta... — Fiz cara de suspense.

— O que você vai fazer hoje?

— Não sei, mãe. Acho que vou ficar por aqui mesmo, adiantar alguns deveres de casa. Vai passar um filme na televisão que eu adoro, e também pensei que você podia querer companhia.

A gente quase não se falou essa semana, de tão agitada que foi. E na sexta o papai finalmente vai chegar, e você vai querer ficar com ele pra matar a saudade. Estou errada?

— Está certíssima! — Ela me abraçou e me deu um beijo. — Estou morrendo de saudade do seu pai e contando os dias para ele vir logo. Obrigada pela companhia, vou aceitar. Mas não fique o fim de semana todo em casa. Não se animou para conhecer algum lugar?

— Vou pensar. Agora passa essa comidinha pra cá! — falei, já com o prato na mão.

Depois de comer aquela macarronada deliciosa e cheia de parmesão ralado por cima, fui conferir o blog da Consultora Teen. Algumas garotas agradeceram pelas respostas, mas pela primeira vez eu li xingamentos! Um monte de garotas se diziam ignoradas, afirmando que eu era uma pessoa sem coração por deixá-las sem resposta e que a pergunta delas era muito mais importante. Tinha palavrões que eu desconhecia.

Fiquei chocada com tanta hostilidade. Uma até escreveu o seguinte:

Uma pessoa me recomendou esse blog dizendo que era ótimo e eu acreditei nela. Então enviei a minha pergunta na esperança de que você me ajudasse de verdade. A minha dúvida era se eu deveria confiar um segredo a uma amiga. Como você não me respondeu, decidi sozinha e contei. Sabe o que ela fez? Espalhou meu segredo para todo mundo! Viu o que você fez? Eu me dei mal porque você não me respondeu! Agora eu odeio esse blog e vou falar mal dele para todo mundo. Muito obrigada por nada!

Gente, que horror! Então ela se decepciona com a amiga fofoqueira e a culpa é minha? De repente, um blog criado há menos de uma semana é obrigado a resolver os problemas de todas as garotas do mundo? A responsabilidade é muito grande, não é não?

Sei que não tem muito a ver com a história do blog, mas isso me fez lembrar de uma situação que aconteceu no ano passado. Eu me dei mal na prova de geografia e, quando levei uma bronca da minha mãe por causa da nota baixa, coloquei toda a culpa na professora. Disse que ela tinha explicado mal a matéria e que eu não havia entendido nada. A verdade é que eu não tinha estudado direito. Se me dei mal, a culpa foi toda minha, mas eu fugi da responsabilidade culpando a professora.

De certa forma, as garotas que me xingaram por não ter seus problemas resolvidos pelo blog fizeram como eu no caso da prova. Transferiram a responsabilidade. Que confusão! Por que fui me meter nisso?

Tomei um banho morno para relaxar e organizar os pensamentos. Debaixo do chuveiro, refleti sobre tudo o que aconteceu durante a semana. E não foi pouca coisa! Enquanto a água escorria e eu sentia o cheiro do sabonete, fui me acalmando.

Sentei diante do computador novamente. Como eu havia prometido que responderia mais dúvidas, selecionei dois temas que se repetiam naquelas 150 perguntas deixadas antes. E, por incrível que possa parecer, entrou uma pergunta de um garoto.

Oi, Consultora! Olha, eu sei que este é um blog para meninas e tal. Mas, cara, entender a cabeça de vocês, mulheres, é muito doido, sabia? Eu curto a minha namorada pra caramba, mas ela tem umas coisas irritantes. Por exemplo, ela me manda mensagem no celular e, se eu demoro pra responder, já tem crise de ciúmes. Pô, sério, eu tenho que ficar grudado nele o tempo todo? Às vezes eu tô fazendo outra coisa e nem vejo que tem mensagem. Todas as garotas são inseguras desse jeito? Não é porque eu não respondi logo que estou traindo ou algo parecido. Responder mensagem no minuto seguinte virou prova de amor e eu não tava sabendo?

Achei bem legal que um garoto tenha mandado uma pergunta para o blog! Mas acredite, o inverso também acontece, viu? Garotos também se sentem inseguros quando a namorada demora para responder.

Trocar mensagens de amor no celular faz parte da rotina de quase todos os namoros hoje em dia. Quem nunca ficou com cara de bobo olhando para a tela do celular com aquela mensagem fofa antes de dormir? É muito gostoso saber que se é amado, e os aplicativos de mensagens instantâneas facilitaram ainda mais o contato constante dos apaixonados.

Sim, já presenciei casos de pessoas que ficaram seriamente magoadas por não receberem logo uma resposta a suas mensagens. Alguns aplicativos sinalizam que as mensagens foram entregues, mas isso não garante que a pessoa tenha lido. E aí já começa a crise!

O mais correto é conversar e tentar chegar a um acordo. Explicar que nem sempre é possível responder as mensagens na mesma hora. E muitas vezes a culpa não é de ninguém. Quem nunca ficou sem sinal ou mesmo sem crédito num momento importante? Acho que praticamente todo mundo. Então, para evitar brigas e desconfianças, a conversa é a melhor maneira de apaziguar os ânimos. Pode parecer besteira o que eu vou falar, mas... o celular também faz ligações, além de enviar mensagens (risos). Se for algo tão urgente assim para resolver, acho que vale gastar só um pouquinho a mais e fazer um telefonema, nem que seja para dar um sinal de vida. Espero que eu tenha ajudado!

Beijos,
Consultora Teen

Eu tenho uma relação de amor e ódio com as redes sociais. Por exemplo, eu vi uma foto da minha BFF no shopping com uma garota que eu detesto. Elas foram ao cinema e depois comeram na minha lanchonete favorita! Achei uma tremenda traição, sabe? Eu não gosto dessa garota, e a minha amiga cisma de sair com ela. Ela nem me convida mais quando a outra também vai, pois sabe que eu não vou nem morta! E ainda posta fotos na internet! Você acha que ela tem o direito de postar essas coisas, sabendo que eu vou ver e ficar muito magoada?

Talvez você não goste muito da minha resposta, mas preciso usar de sinceridade. O seu desabafo está meio confuso. Você concorda que a internet e as redes sociais não têm culpa do ciúme que você sente da sua BFF? Você pode não gostar ou não concordar com o que vê, mas esse é um problema exclusivamente seu e, eu sei, é difícil de lidar e de aceitar...

Você está no seu direito de não gostar da tal garota. Mas a sua amiga também está no direito dela de gostar. E, se o passeio foi legal e divertido, por que não postar fotos no perfil dela? Também é outro direito que ela tem, mesmo que você não concorde.

O fato de ela não te convidar para acompanhá-las significa que ela te respeita e sabe que você não vai curtir o passeio. Mas eu aposto que ela te chama para outros programas. Então, a única coisa que eu posso dizer nesse caso é que você precisa controlar o seu ciúme, pois isso só te faz sofrer. Amigos não são propriedades particulares, não podemos proibi-los de ter outras amizades. Se isso está te incomodando muito, converse com a sua BFF, mas fale numa boa, sem dramas desnecessários. Não é uma tarefa fácil, mas só depende de você.

Beijos,
Consultora Teen

Quando cliquei no botão de enviar, senti um alívio tão grande que comecei a chorar. Eu estava morrendo de dor de cabeça. E me sentindo uma fraude. Como eu podia escrever: "Quem nunca ficou com cara de bobo olhando para a tela do celular com aquela mensagem fofa antes de dormir?" Eu! Eu nunca passei por isso! Como eu podia falar de coisas que nunca senti? Que nunca vivi? De repente me bateu uma raiva tão grande. Por que eu estava fazendo isso? Qual o sentido disso tudo?

O blog, que começou como uma brincadeira, estava me incomodando de verdade. Eu queria, sim, me dar bem no colégio, ter amigos, me apaixonar pela primeira vez, ser feliz. Assim como todo mundo que escreveu. Portanto, naquele momento, resolvi sair da teoria e partir para a prática. Eu ia deixar de uma vez por todas o medo de lado e viver a minha adolescência da melhor maneira que eu pudesse. Aplicar à minha própria vida tudo aquilo que eu sugeria para garotas desconhecidas.

Cheeeega! Decidi que era melhor dar um tempo naquilo tudo. Nossa, minha cabeça estava pegando fogo! Eu não ia entrar na conta do blog por alguns dias, até que os meus pensamentos estivessem um pouco mais organizados.

Mandei um e-mail para a Fabi contando a minha decisão de dar um tempo naquilo. Fui até a cozinha e tomei um analgésico. Passei pela sala para ver do que a minha mãe ria tanto. Era um programa que mostrava os erros de gravação das novelas. Como ela parecia animada, disfarcei a expressão de mau humor e de dor de cabeça. Ainda não me sentia segura para contar a ela sobre a Consultora Teen.

— Pensei no que você me sugeriu, mãe. O que acha de eu convidar as meninas para irem comigo amanhã, no fim da tarde, dar uma volta no calçadão de Copacabana?

— Por mim tudo bem. De metrô é rapidinho e, como vocês vão estar em grupo, uma toma conta da outra.

— Oba! Vou fazer isso, tomara que elas topem.

Deixei recado para elas convidando para o passeio. Acho que vai ser bem divertido. Mesmo não tendo ainda a confirmação das meninas, fui ver se meu shortinho azul estava limpo e se ficava bom com a camiseta nova. Quando experimentei, não coube. Chegou ao quadril e não subiu! Realmente eu estava comendo demais. Revirei as gavetas e encontrei um short cinza mais larguinho, com elástico na cintura. Esse deu. Ufa! Eu precisava tomar providências urgentes. Mas quais?

Apesar do shortinho apertado, não me abalei. Eu estava arrumando o quarto quando chegou uma mensagem de um celular desconhecido:

Entra no seu e-mail agoraaaa!!

De: Fabiana Araújo
Para: Thaís dos Anjos
Assunto: Ele me ligou!!

Amigaaaaaa!!
O Leonardo me ligou! Ele me convidou para ir ao cinema. Topei, lógico! Estou eufórica. Vou com aquele meu vestido vermelho de alcinha, o que acha?
Ah, eu sei que você deve ter estranhado a mensagem no celular. Peguei um aparelho antigo da Marília emprestado e coloquei um chip de pré-pago. O bichinho é feio demais, quase não tem recursos, só dá mesmo pra telefonar e passar SMS. Eu sei, eu sei... Estou brincando com fogo. Se minha mãe me pega com ele, estou perdida! Mas como

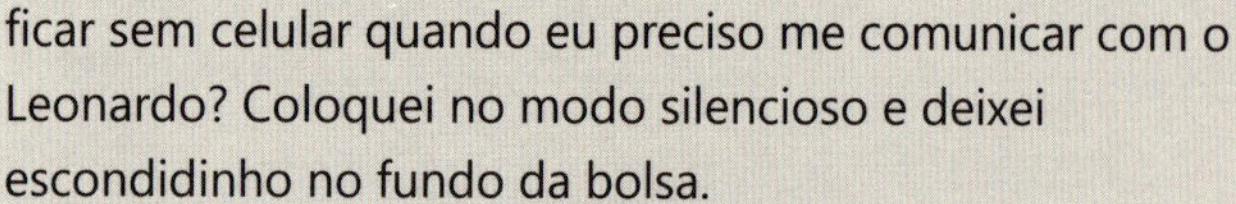

ficar sem celular quando eu preciso me comunicar com o Leonardo? Coloquei no modo silencioso e deixei escondidinho no fundo da bolsa.
Garota, eu vi o seu e-mail sobre o blog. Entendi perfeitamente o que você falou e acho que você tomou a decisão certa. Eu te apoio totalmente, você sabe. Se quer dar um tempo, dê, oras! Lembre que tudo isso é uma brincadeira, qual a necessidade de se estressar? Pare com essa mania de exigir perfeição em tudo. Calma, mulher! Vá aproveitar esse Rio de Janeiro maravilhoso, pelamordedeus! Vamos ver como o povo vai reagir ao seu sumiço. Depois me conta tudinho, hein?
Vou lá me arrumar. #BateCoração
Torce por mim!
Beijos,
Fabi

De: Thaís dos Anjos
Para: Fabiana Araújo
Assunto: RES: Ele me ligou!!

Fabi!
Que máximo que ele te ligou! Boa escolha o vestido de alcinha. É lógico que vou torcer para dar tudo certo. Estarei aqui me mordendo de curiosidade para saber dos detalhes.
Vou ficar em casa hoje, só vou sair amanhã.
Arrasa, amiga!
Beijosssss,
Thaís
P.S.: Eu não sonhei com o Pablo... snif... :-(

11
Não deixe nada pra depois

As garotas toparam o passeio em Copacabana! Todas entramos no chat no sábado à noite e ficamos discutindo os detalhes do programa. Eu chorava de rir com as palhaçadas delas. Principalmente da Bia, que é muito doidinha. Isso me fez um bem danado, levantou o meu astral. Entre uma piada e outra, elas disseram que na Avenida Atlântica, em Copacabana, tem vários lugares que alugam bicicleta e que não é caro. Ficamos de nos encontrar às quatro da tarde na Estação Saens Peña do metrô.

O roteiro inicial seria o seguinte: alugar as bicicletas, pedalar até o Leblon, dar uma paradinha para descansar e tomar uma água de coco, voltar até o Arpoador, ver o pôr do sol, retornar a Copacabana para devolver as bicicletas e jantar em uma pizzaria ali perto. Do jeito que eu ando fora de forma, tomara que meus joelhos obedeçam! Tanto exercício assim de uma vez só... Mas vai valer a pena, estou com muitas saudades do mar.

No dia seguinte, meia hora antes do combinado, eu já estava arrumada. Coloquei o short cinza, mais larguinho, uma camiseta branca com detalhes azuis, meu tênis azul para combinar e um boné branco com pequenas flores bordadas. Protegida do sol, mas feminina e charmosa. Dentro da bolsa estilo mochilinha, para não atrapalhar na hora de pedalar, coloquei meu celular e outras coisas que mulheres não vivem sem, como batom, pente e por aí vai.

Fiquei no quarto com a porta fechada, ouvindo música. Acessei o e-mail e nada de a Fabiana aparecer. O que será que aconteceu no encontro dela com o tal Leonardo? Se quando eu voltar ela ainda não tiver dado sinal de vida, vou mandar uma mensagem atrás da outra para o "celular pirata" até ela confessar tudo.

Desliguei o computador e ia saindo animada quando passei pela porta do quarto do Sidney. Meus olhinhos foram naturalmente atraídos para lá, já que ele e o Pablo estavam jogando videogame. Parei feito uma estátua.

— Vai sair, maninha? Vai pra onde?

— Andar de bicicleta pela orla de Copacabana com as meninas. E vocês, não enjoam de jogar? Não sei como não ficam com os dedos tortos — brinquei.

— A gente bem que podia ir com vocês... Topa, Pablo?

Meu coração gelou. Fiquei imaginando a cara da Bia, da Matiko e da Marina. Que cena linda eu chegando no metrô com o meu irmão e o Pablo, dois gatos. Tudo bem que um era meu irmão, mas é gato, o que eu posso fazer se o DNA da família o favoreceu tanto?

— Até que não seria má ideia... — o Pablo respondeu olhando nos meus olhos, com uma expressão divertida.

— Bom, vocês precisam decidir logo, pois elas já devem estar me esperando no metrô. — Acabei demonstrando ansiedade demais por causa da presença do Pablo. Mas acho que a parte de elas estarem esperando, o que provavelmente era verdade, disfarçou bem o meu nervosismo. Assim eu esperava.

— Eu topo! — o Pablo falou, todo animado. — Sidney, posso deixar minhas coisas aqui e passo para pegar depois? Vou levar só a carteira e o boné.

Quando chegamos ao metrô, elas já estavam me esperando. Com apenas uma semana de amizade, consegui prever direitinho a reação de cada uma ao ver que eu estava acompanhada. Elas deram uns risinhos abafados, demonstrando ter gostado da novidade. A Bia acha que eu não notei que ela ficou encantada pelo Sidney desde a sessão de cinema lá em casa.

Aliás, durante todo o trajeto até a Estação Siqueira Campos, o meu irmão foi o centro das atenções. Como se ele não soubesse da fascinação que as meninas do nono ano têm pelos garotos do ensino médio, especialmente do último ano. Acho que é pelo fato de serem mais velhos, prestes a entrar na faculdade e ser mais independentes. Eu, particularmente, prefiro garotos da minha idade.

Os únicos lugares vagos eram em fileiras dispostas no comprimento do vagão, uma de frente para a outra. Achei meio estranho sentir o metrô se locomover estando sentada de lado. Quando ele parava ou arrancava, mesmo que não fosse brusco, era esquisito o movimento que o corpo fazia para a esquerda e para a direita. Sentei de frente para o Pablo. Não queria ficar novamente ao lado dele e sentir toda aquela onda de calor, como no dia do filme. Isso não quer dizer que eu não tenha gostado, muito pelo contrário. Mas haveria testemunhas demais ali para ver meu rosto corar.

De certa forma gostei que o Sidney estivesse chamando mais atenção, pois pude observar as reações do Pablo durante a conversa. Ele tinha um charme só dele, eu não conseguia parar de analisar todos os seus pequenos gestos. Quando ria, ele apertava os olhos e instintivamente passava a mão pelos cabelos. Às vezes ele ficava me encarando, e, na primeira vez em que percebi isso, desviei o olhar. Bateu aquela típica timidez, o coração parecia que ia pular pela boca. Aí me lembrei da minha resolução do dia anterior. De que eu sairia da teoria para a prática. Então fechei os olhos por alguns segundos, respirei fundo e assumi uma nova postura. Quando ele me encarou novamente, sustentei o olhar. Sorri. Ele sorriu de volta.

Alugamos as bicicletas e, como a orla estava cheia, pedalamos um atrás do outro até o Leblon. Tinha um quiosque na altura da Rua Rainha Guilhermina, e resolvemos parar ali para beber alguma coisa. O trajeto não era tão longo assim, ainda mais de bicicleta. Mas, como eu previa, fiquei cansada. O intervalo veio a calhar. Comprei uma garrafinha de água e tomei metade em segundos. O Sidney resolveu dar um mergulho. Tirou a camiseta e o tênis e, claro, fiquei tomando conta das coisas do folgado. De nós, garotas, a única que tinha colocado biquíni por baixo da roupa era a Bia. Ela mais que rapidamente arrancou a roupa e foi atrás do meu irmão. Espertinha essa minha nova amiga. A Matiko e a Marina foram comprar espetinhos de camarão no quiosque ao lado.

Emparelhamos as bicicletas de forma que pudéssemos ficar de olho nelas sem atrapalhar o fluxo de pessoas. A cadeira do quiosque, de plástico e meio bamba, se tornou o lugar mais confortável do mundo naquele momento. Minhas pernas doíam!

Fiquei observando o Sidney e a Bia correrem em direção ao mar. Bateu uma invejinha danada, pois eu não sei nadar. Estava calor, mas, como já era fim de tarde, o vento era fresco, e adorei sentir o cheiro do mar que vinha com ele. As gaivotas davam rasantes, fazendo um balé no ar.

Senti uma energia enorme percorrer todos os meus poros. Não sei explicar, era como se dentro daquela garrafinha de água tivesse algum componente mágico que me fazia sentir mais viva, segura e confiante. Eu estava impressionada com a mudança na minha vida em tão pouco tempo. Eu não era a mesma Thaís de Volta Redonda, nem a do primeiro dia de aula, muito menos a do dia anterior, que resolveu dar um tempo no blog da Consultora Teen. E isso tudo tinha acontecido em menos de um mês! Caramba!

— Um real pelos seus pensamentos — o Pablo brincou enquanto colocava ao meu lado uma das cadeiras bambas do quiosque.

— Poxa vida, só isso? — brinquei de volta. — Acho que valem um pouco mais.

— Xiiii... Você me pegou desprevenido. — Ele bateu com as mãos nos bolsos da bermuda e fez uma cara engraçada. — Aceita outra forma de pagamento?

Acho que, se eu respondesse que aceitaria um beijo em troca de cada pensamento meu, não ia pegar muito bem. Apesar de acreditar que ele tenha perguntado com essa exata intenção. Resolvi fingir que não entendi, apesar da vontade enorme de dizer o preço que eu tinha em mente. Sim, eu queria beijá-lo desde o momento em que parei na porta do quarto do Sidney e o vi lá dentro, minutos antes de encontrar as garotas no metrô. E,

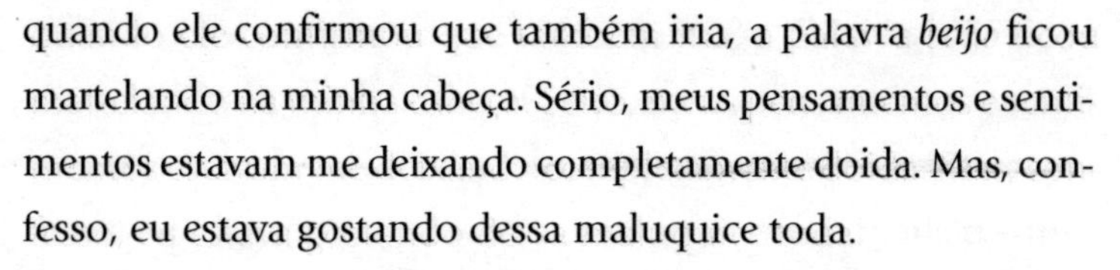

quando ele confirmou que também iria, a palavra *beijo* ficou martelando na minha cabeça. Sério, meus pensamentos e sentimentos estavam me deixando completamente doida. Mas, confesso, eu estava gostando dessa maluquice toda.

— Eu estava aqui pensando nas coisas que aconteceram nos últimos dias — contei parte da verdade. — A mudança de cidade, a nova escola, os novos amigos... Está tudo bem melhor do que eu esperava.

— Que bom! — Ele acompanhou o meu olhar para dentro da água. — Não se animou de cair no mar com o seu irmão?

— Eu não sei nadar.

— Sério? — ele arregalou os olhos. — Mas é só entrar no rasinho, você não vai se afogar.

— Ah, sei lá. Conhece aquele ditado da vovó, "Melhor prevenir do que remediar"?

— Por que você não entra para a natação do Portobello?

— Com as criancinhas de 5 anos? — caí na risada. — Que mico!

— Não, você está enganada. As turmas são por faixa etária, e a piscina tem várias profundidades. O professor orienta direitinho, de acordo com as necessidades de cada um.

— Humm... Sabe que você está quase me convencendo? — Lembrei que a minha mãe tinha praticamente me intimado a fazer alguma atividade física. Além do shortinho perdido no meu armário e de outras roupas que eu nem tinha provado ainda.

— Entra sim! Vai ser legal. Além disso, eu vou estar lá para te fazer companhia... — Ele me olhou meio de lado para ver minha reação e deu uma risadinha, enquanto disfarçava olhando para o mar.

— Ah, agora tudo faz sentido! Por isso você sabe todos esses detalhes sobre a aula. — Dei um tapinha na perna dele, me arrependendo logo em seguida, já que a Matiko e a Marina estavam só de rabo de olho nos observando do quiosque, enquanto comiam os espetinhos. Tive uma vontade meio maluca de brigar com minha própria mão e dizer: "Ei, não fique dando tapinhas na perna de garotos por aí, por mais que eles sejam atraentes!"

— Eu faço natação três vezes por semana, de segunda, quarta e sexta. É muito mais barato que qualquer academia, além de entrar no histórico de atividades extracurriculares. Vale a pena.

— Por que você escolheu fazer natação?

— No ano retrasado eu tive muitos problemas respiratórios, e o médico recomendou que eu fizesse natação. Confesso que no início não fiquei muito animado. Mas, depois que eu comecei a respirar melhor e a ter mais disposição pra tudo, passei a sentir falta nos dias que não tem aula.

— Tudo bem, senhor Pablo! — Ele riu do meu jeito de falar. — Estou convencida! Mas será que vai dar tempo de entrar?

— Vai sim, as aulas começaram agora. Vai lá amanhã à tarde, fala com o professor para pegar os detalhes e na quarta você começa.

O Sidney e a Bia se aproximaram, dando altas gargalhadas. Ele chegou sacudindo os cabelos cacheados, molhando a gente de propósito.

— Vamos voltar, galera? — a Bia sugeriu, enquanto vestia a camiseta e o short. — Temos horário para devolver as bicicletas.

Quando estávamos nos preparando para sair, chegou um SMS da Fabi:

Feliz! Feliz! Felizzzz!

Hummm... Acho que ela se deu bem. Ai, que curiosidade! A mensagem só dizia isso. Com certeza ela deve me mandar um e-mail mais tarde. Mas a curiosidade vai ter que esperar. Missão bicicleta com o Pablo em andamento.

Fizemos o restante do passeio que tínhamos planejado, devolvemos as bicicletas e fomos para a pizzaria ali perto. Eu sentia os músculos das pernas pulsarem. Foi com imensa alegria que entramos na pizzaria e constatamos que o ar-condicionado estava divinamente gelado. O legal de lá era que as mesas eram redondas, o que facilitava a conversa em turma. Aproveitei para ir ao banheiro me ajeitar um pouquinho. Lavei o rosto, tirei o boné e penteei os cabelos. Mesmo usando o boné para me proteger do sol, acabei ficando com o rosto um pouco corado. Mas gostei do resultado, fiquei com uma aparência, digamos assim, mais saudável. Eu tinha levado meu perfume e passei só um pouquinho. Estava tão feliz! Sorri para o espelho bem na hora em que duas senhoras entraram no banheiro. Elas sorriram de volta para mim. Apesar da vergonha de ter sido pega no flagra, até que foi divertido. Voltei para a mesa e notei que o Pablo me olhou de um jeito diferente. Gostei. Nada como dar uma arrumadinha no visual. Sorri pra ele e ele sorriu de volta. Eu estava ficando mal-acostumada com essa troca constante de sorrisos.

Pedimos duas pizzas gigantes. Assim que o garçom as colocou na mesa, foi uma bagunça generalizada, com todo mundo metendo o respectivo garfo nelas. Estava tão divertido que só nos lembramos da hora quando a mãe da Matiko ligou preocupada. Já passava das nove da noite e nem tínhamos percebido. Quando ela falou que estávamos com o meu irmão, que era mais velho, a mãe dela meio que se tranquilizou. Mais um motivo para o Sidney ficar metido. "Eu sou o guardião das meninas, as mães confiam em mim."

Já na Tijuca, as garotas se despediram, prometendo postar logo todas as fotos.

Como a mochila do Pablo tinha ficado lá em casa, ele foi com a gente buscar.

— Pablo, valeu cara! Estou louco para tomar um banho. Thaís, você faz as honras da casa? — O Sidney nem esperou a minha resposta e seguiu correndo para o banheiro. Totalmente desligado dos bons modos, meu Deus!

O Pablo pegou suas coisas e fui com ele até a porta da cozinha. Tive que ser educada por mim e pelo Sidney. Mas não foi um esforço tão grande assim, vamos combinar.

— Nossa, só agora está batendo o cansaço. Quando chegar em casa, vou tomar um banho e capotar.

— Também estou doida para deitar. Apesar do cansaço, eu me diverti muito.

— Eu também. — Ele sorriu e ficou me encarando. Senti que fiquei ruborizada e rezei para que o bronze que peguei no passeio de bicicleta confundisse a visão dele. — Até amanhã, Thaís. — Ele tirou o meu cabelo do rosto e deu um beijo um tanto demorado na minha bochecha, do jeitinho que tinha feito da outra vez. Aquele toque me deixou toda arrepiada. Ele se afastou, ainda me olhando nos olhos, e sorriu, meio tímido. Foi andando lentamente e apertou o botão do elevador.

Dei um tchauzinho e já ia fechando a porta quando ele me chamou, caminhando de volta, como se tivesse se esquecido de algo. Então ele chegou bem perto e olhou nos meus olhos de uma forma tão intensa que por alguns segundos esqueci até de respirar. Segurou meu rosto com uma das mãos, aproximando-o do rosto dele. Eu podia sentir sua respiração ofegante se misturando com a minha. E então ele me beijou. Meu primeiro beijo!

Várias vezes eu tinha fantasiado sobre esse momento. Que seria em um passeio romântico, com a lua como testemunha. Ou com uma trilha sonora sensacional, da qual eu me lembraria para sempre.

Mas a cena da vida real tinha sido totalmente outra: eu estava encostada na porta da cozinha e a trilha sonora era o barulho do elevador ao fundo.

Eu simplesmente não pensei em mais nada. Parecia que o tempo estava congelado e, ao mesmo tempo, que eu tinha beijado o Pablo por toda a minha vida. Tudo parecia certo e perfeito. Todas aquelas técnicas de beijos que eu tinha lido nas revistas foram completamente esquecidas. Ou já estavam incorporadas de tal maneira em mim que nem lembrei se eu tinha que virar a cabeça para a esquerda ou para a direita. Eu simplesmente me deixei levar, e foi a coisa mais natural e sensacional do mundo.

— Até amanhã, linda — ele falou, sorrindo, e caminhou lentamente até o elevador.

— Até amanhã — respondi, quase sem nem sentir os joelhos.

Fechei a porta e parei na sala. Minha mãe estava tão hipnotizada com um filme na televisão que não viu a minha cara de boba alegre. Passei pelo corredor e ouvi o barulho do chuveiro. Eu me detive diante da porta fechada e agradeci mentalmente, com o coração aos pulos: *Obrigada, Sidney, por sua falta de educação neste fim de noite. Valeu, irmãozinho!*

Abri a cortina e apaguei a luz do quarto. Eu só queria que a luz de fora entrasse ali para curtir uma semiescuridão. Os carros passavam na rua e as luzes dos faróis faziam desenhos engraçados no teto. A minha vontade era gritar: "Eu dei o melhor primeiro beijo do mundooo!" Mas ao mesmo tempo eu não queria falar com ninguém, só reviver cada segundo na minha cabeça. Ali, no escuro, agarrada na minha almofada.

Sabe quando você começa a ter pensamentos totalmente contraditórios? Eu estava tão feliz que a minha reação foi essa. Era um misto de alegria e medo, certeza e insegurança, harmonia e confusão. E um diálogo muito doido começou na minha cabeça. *Viu? Tava com tanto medo de dar tudo errado, adiando todos os bons momentos, e foi tudo maravilhoso, não foi? Como você é boba, Thaís! Reclamou tanto, e agora? Fique com essa!*

Então eu me lembrei da música "Semana que vem", da Pitty. A letra fez todo o sentido para mim naquele momento. A gente fica adiando as coisas por medo. E, quando eu decidi que não ia mais ficar apenas na teoria e ia partir para a prática, parece que tudo conspirou a meu favor. Comecei a cantar a música e a tocar uma guitarra imaginária.

Não deixe nada pra depois, não deixe o tempo passar
Não deixe nada pra semana que vem
Porque semana que vem pode nem chegar
Pra depois, o tempo passar
Não deixe nada pra semana que vem
Porque semana que vem pode nem chegar.

Perfeição, perfeição, perfeição. Era a palavra que ecoava na minha mente até a hora em que, sem notar, eu adormeci.

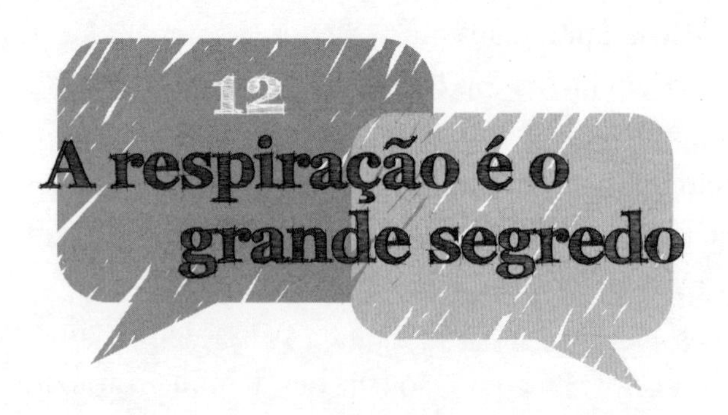

12
A respiração é o grande segredo

Acordei com o cabelo todo nojento! Eu dormi com a roupa do passeio. Não sei em que momento o meu tênis foi parar no chão. Ou eu tirei sem perceber, ou a minha mãe, com pena de me acordar, tirou e me deixou com aquela roupa suja e suada. Quando acordei, ela já tinha saído para o trabalho. Fui correndo tomar banho. Precisava lavar o cabelo, eu estava parecendo a Medusa. Ainda mais que a apresentação do trabalho era hoje. Já pensou ficar toda desgrenhada na frente da classe?

Corri o mais que pude e, quando pisei dentro da sala, o sinal tocou. Sentei na cadeira, ofegante, e as garotas me olharam com uma cara engraçada.

— Respira, Thaís! Respira... — a Marina brincou. — Puxa o ar pelo nariz e vai soltando pela boca — ela gesticulava, provocando risadas nas outras. Tive que rir também.

E, com essa loucura toda, percebi que eu havia me esquecido completamente da Fabi. Mandei um SMS avisando que logo mais falaria com ela e desliguei o celular antes que o Camargo visse.

Por sorte, o nosso grupo foi um dos últimos a se apresentar, então tive tempo para me acalmar e respirar, como a Marina falou. Fomos um dos poucos grupos que usaram os recursos multimídia da sala, e o professor elogiou bastante. Fizemos uma apresentação cheia de fotos, para ilustrar tudo aquilo que estávamos falando. Tiramos a maior nota!

Quando saímos para o intervalo, procurei o Pablo pelo pátio, mas nem sinal dele. Depois lembrei que o ensino médio não fica no mesmo prédio. Tinha esquecido completamente que ele está no primeiro ano. Com o novo objetivo de entrar novamente no shortinho azul, comprei apenas uma barrinha de cereais.

O grande falatório do intervalo foi o blog da Consultora Teen. Enquanto estava na fila da cantina, ouvi uma garota do sétimo ano comentar revoltada com as amigas que a pergunta dela não tinha sido respondida. As reclamações continuaram por um tempo, mas depois elas se lembraram do show do Dinho Motta na sexta e o assunto do blog logo foi substituído.

Encontrei as meninas perto da quadra descoberta.

— Gente... — A Bia fez aquela cara de deboche, de quando quer pegar no pé de alguém. — Vocês viram que está rolando um lance interessante da Thaís com o Pablo, né? — A Matiko e a Marina riram, concordando. — Primeiro ela ficou toda amiguinha do Pedro. Ontem o Pablo nem tentava disfarçar os olhares que dava pra ela. E isso com apenas uma semana de Portobello. Essa garota não é fraca não!

As três riram e eu senti meu rosto corar. Principalmente com a lembrança do beijo do dia anterior. Mas resolvi não contar ainda.

— Por falar em "rolar lances", eu percebi seu interesse pelo meu irmão, viu, Bia? — Mudei o rumo da conversa, e agora era ela quem corava. — Eu sei, meu irmão é um gato. Sei perfeitamente o efeito que ele causa nas mulheres.

— Eu tenho namorado, mas... — A Matiko suspirou. — Tenho que reconhecer que seu irmão é um gato mesmo, Thaís!

— Eu ainda estou naquela paixonite não correspondida pelo Pedro. — A Marina fez bico. — Um dia um cara vai aparecer e me arrancar desse amor platônico tão século passado.

— Tudo bem, eu confesso! — a Bia levantou as mãos, como se estivesse se rendendo. — O Sidney é tudo de bom, Thaís.

— Bia, eu juro que não estou com ciúme do meu irmão, mas ele não leva ninguém a sério. Então, como eu gosto de você, melhor ficar ligada. Não se apaixone por ele.

— Ele faz o estilo rebelde sem causa? — Ela fez uma careta de desagrado.

— Não, é mulherengo mesmo! — Bufei. — Cuidado, tá? Por favor.

— Tudo bem... — Ela deu de ombros, lamentando a notícia. — Mas que ele é gato, ahhhh, isso é.

Rimos.

— Matiko, desculpa ser indiscreta. — Eu sempre tenho vergonha de fazer perguntas muito pessoais para gente com quem ainda não tenho tanta intimidade. — Mas, já que você falou do seu namorado, por que ele não foi com a gente no passeio?

— Eu bem que gostaria, viu? — Ela fez uma carinha triste. — Mas ele mora longe, no Recreio. A gente se conheceu num encontro de jovens da minha igreja, e basicamente o nosso namoro é mais virtual que qualquer outra coisa. Nem sempre eu posso ir pra lá e vice-versa. Namoro com mesada curta, bairros distantes e horas de ônibus pode ser bem complicado. Mas desde o início a gente sabia que seria assim, então eu estou conformada.

— E eu pensando que namoro a distância só existia em cidades diferentes! — Fiquei realmente surpresa.

Já estava quase na hora de voltarmos para a classe. Aquela barrinha de cereal, apesar de gostosa, me deixou com um pouco de sede. Fui beber água antes de entrar, já que ainda tinha um minutinho antes do sinal.

— Oi, Thaís. — Era a Brenda.

— Oi, tudo bem? — Claro que babei com o susto. Não esperava que ela viesse falar comigo, apesar de já termos sido apresentadas pelo Pedro e de ela ter pedido para ser minha amiga, aos moldes das crianças do parquinho.

— Tenho um recado do meu irmão pra você. Como ele não tem o seu telefone, me ofereci para bancar a mensageira.

— Ah, é? — Senti que corei. Não estou gostando nadinha de ficar vermelha toda hora. Mas que coisa!

— Ele precisou faltar hoje, foi visitar um amigo no hospital.

— Nossa... Que jeito horrível de começar a semana.

— Pois é. Uma dessas pessoas sem noção que dirigem bêbadas bateu no carro do amigo dele. Graças a Deus não foi nada tão grave, mas o garoto precisou ficar internado. O Pablo disse que vai te esperar hoje à tarde na piscina do colégio.

— Ele te contou que talvez eu entre para a natação?

— O meu irmão me conta tudo. Mesmo.

Pelo sorrisinho dela, o Pablo contou do nosso beijo. Fiquei com vergonha. A irmã dele já sabe, e o meu irmão nem sonha.

— Você conhece o meu blog sobre o Dinho Motta?

— Claro, quem é que não conhece aqui no Portobello, né? — Mal sabe ela a consequência de eu ter visitado seu blog. — Por quê? Tem novidades?

— Do lado direito, assim que você entra, tem um link pro meu canal do YouTube. Procure por "Lucky". Assista e depois me fale. — E deu uma piscadinha marota. — Preciso ir agora. Tchau, cunhadinha.

Nem consegui responder. Apenas sorri, aquele típico sorrisinho amarelo, sem graça, que você se esforça ao máximo para disfarçar. Lucky? O que será isso? Se ela me chamou de cunhadinha, será que o beijo de ontem vai evoluir para algo mais? Ou ela só quis zoar com a minha cara? A Bia, pelo jeito que a chama de *modelete*, deixa bem claro que não gosta dela. E já ouvi mais algumas garotas falarem de quanto ela é metida e tudo o mais. Meu coração bateu acelerado, me deu até falta de ar só de me lembrar do beijo de ontem. Se ele contou para a irmã, será que mais alguém sabe? Será que o Pablo faz o estilo fofoqueiro? Respira, Thaís. Res-pi-ra.

Depois das aulas, voltei para casa com o Pedro, e conversamos animadamente, como sempre. Olhei para ele de forma completamente diferente. Eu continuava achando ele lindo. Aqueles olhos verdes, então, de tirar o fôlego. Mas percebi que ele era apenas um bom amigo. Gato, lindo e perfeito. Mas apenas isto: um bom amigo.

Almocei e liguei o computador. Tinha um e-mail da Fabi, enviado ontem à noite. Aleluia! Não aguentava mais de curiosidade.

De: Fabiana Araújo
Para: Thaís dos Anjos
Assunto: Ele me beijou!

Amiga,
Estou nas nuvens! E elas são branquinhas e fofas, pode acreditar. O Leonardo é incrível!
Muito bem, vamos aos fatos. Eu coloquei aquele vestido de alcinha que adoro. Fomos ao cinema e, como estava um calorão, resolvemos tomar um sorvete depois. Entre uma cereja aqui, uma colherada de sorvete de chocolate ali, ele me beijou. Foi simplesmente divino! Bom, isso foi no sábado.
Hoje foi aniversário da irmã mais velha dele, e ele me convidou para a festa. Comemoração dupla, uma pelo aniversário de 18 anos e outra por ter passado no vestibular de arquitetura.
Ele me apresentou pra família toda. No dia seguinte que a gente se beijou pela primeira vez! Isso quer dizer que estou namorando? Acredita que a mãe dele até me mostrou umas fotos de quando ele era bebê? Se isso acontece nos filmes, parece um mico total. Mas sabe que foi até bonitinho? Ela não chegou a pegar o álbum do bebê, com aquela típica foto do primeiro dentinho. Elas estavam em porta-retratos na sala. Mico ou não, sabe aquela sensação de que você já é parte da família? Devo me preocupar com isso? Estou sendo meio psicopata, tipo naquele filme *Como perder um homem em dez dias*? Hahahaha!
Enfim, tudo aconteceu muito rápido. Que coisa! Mas estou empolgada demais!
Vamos nos encontrar de novo no domingo.
Beijos,
Fabi

De: Thaís dos Anjos
Para: Fabiana Araújo
Assunto: RES: Ele me beijou! (também)

Fabi,
Eu acho que você está namorando sim. Hahaha! Que lindo! Só falta oficializar o pedido. Não é qualquer um que leva a garota para casa, ainda mais para uma festinha familiar. Pena que não estou aí para testemunhar esse fato ao vivo e em cores. Já tem fotos do casal? Por favor, me manda correndo, pra matar a minha curiosidade. Só não entendi por que vocês só vão se encontrar no domingo. O que você vai fazer na sexta e sábado?
Preciso explicar o "também" que acrescentei no assunto. O Pablo me beijou quando voltamos do passeio de bicicleta! Eu acredito em você quando diz que as nuvens são branquinhas e fofas, pois também dei uma conferida bem de pertinho.
Incrível como tudo mudou. Eu estava toda encantada pelo Pedro, mas acabei dando o meu primeiro beijo com o Pablo. A vida sempre pode nos surpreender para melhor!
Vamos nos ver de novo agora à tarde. Calma, não é um encontro. Vou ver se me matriculo na aula de natação do Portobello, e ele vai estar lá. Viu só como a sua amiga está obediente e encontrou logo uma atividade física para fazer? E que chato o fato de ele estar lá, no mesmo lugar, não é? Rsrsrs...
Acho que você vai entender perfeitamente o que eu vou dizer. Apesar do pouco tempo que conheço o Pablo, menina, eu sinto umas coisas loucas quando estou com ele! Meu coração acelera, me dá falta de ar, não consigo desgrudar os olhos dele e fico com um sorriso idiota na cara toda vez que penso nele. Eu não me sentia assim com o Pedro. Acho que foi aquilo que você falou, eu me

encantei com a beleza e a simpatia dele, só isso. Com o Pablo é diferente, o meu corpo todo reage. Não consigo nem pensar direito quando sinto o perfume dele. Lembra quando a gente via essas reações em filmes? Eu sempre achei legal, mas só agora realmente entendi. E, pela sua empolgação, acho que você está sentindo as mesmas coisas.
Depois te conto tudo o que aconteceu na natação.
Beijos, amiga!
Thaís

Lucky! Lembrei da charada da Brenda. Entrei no blog dela, vi o tal link do YouTube e cliquei. Vários vídeos dela cantando. "Lucky" era a música, claro! Achei o vídeo que ela tinha sugerido e comecei a assistir.

Para tudo! Gente do céu! O vídeo foi feito num quarto que parecia não ser dela, era meio masculino. Ela aparecia sentada do lado direito da tela, e ninguém mais, ninguém menos que o Pablo tocava violão do outro lado. Siiiiim! Ele não olhava direto para a câmera, mas na direção da cama. Com certeza estava lendo as cifras da música, mas não dava para ver direito. Será que era o quarto dele? Tinha um armário branco, persianas azul-escuras e uma prancha de surf encostada em uma das paredes. Também tinha algumas prateleiras com livros e bonequinhos do *Star Wars* e *Senhor dos anéis*. Ele usava uma camiseta com a estampa do Seu Madruga, do Chaves, e um boné virado para trás. E estava lindo! Quando eu ia imaginar que acharia alguém lindo e sexy com uma camiseta do Seu Madruga?

Como a música é um dueto do Jason Mraz com a Colbie Caillat, eles dividiram as partes masculinas e femininas. Claro que a Brenda cantou muito bem. Mas o Pablo não ficou tão atrás no quesito afinação, preciso reconhecer. Que coisa mais bonitinha! Vontade de entrar no vídeo e apertar aquelas bochechas. Ele balançava o corpo só um pouquinho no ritmo da música enquanto tocava. Dava para notar que estava muito mais preocupado em não errar os acordes do que em cantar propriamente. Mesmo parecendo apenas um ensaio ou algo do tipo, e ele fazendo papel de coadjuvante da irmã, estava perfeito. Entendi por que ela me mandou assistir justamente àquele vídeo. Dei uma passada rápida pelos outros e percebi que esse era o único em que o Pablo aparecia. Essa Brenda é um mistério... Por que ela quis que eu visse o Pablo cantando e tocando violão?

— Ai, meu Deus — repeti. De novo. E de novo. Que falta de ar! Respira, Thaís... Respira.

A aula de natação seria das quatro às cinco horas. Por causa dos e-mails e da sessão replay interminável do vídeo, acabei chegando quinze minutos atrasada. Realmente era dia de brigar com o relógio.

O Pablo já estava devidamente mergulhado na piscina. Não sei se foi por conta dos óculos de natação, mas ele não me viu. Tentei prestar atenção nas orientações do professor, tirar os olhos do Pablo (missão difícil!) e focar na aula para ver o que me esperava, caso eu realmente me matriculasse.

— Thaís, não se preocupe com o fato de não saber nadar. Logo você entra no ritmo e vai até lamentar não ter aula todos os dias. A respiração é o grande segredo. O resto é fácil. — Tive vontade de rir quando ele falou isso, pois ele não tinha noção de quanto eu vinha pensando no assunto *respiração*.

Ele recomendou que eu comprasse o kit completo, vendido na secretaria do colégio: maiô, touca para não danificar os cabelos por causa do cloro e óculos para não irritar os olhos. Anotei tudo para mostrar para a minha mãe.

Fiquei sentada em um banco na lateral esperando a aula terminar. E de novo aquele *bate-bate coração* por causa do Pablo. Como eu devia me comportar depois do beijo do dia anterior? Apesar de estar com as pernas bambas de nervoso, resolvi fazer uma auto-hipnose para me convencer de que aquilo foi, digamos, normal. Somente quando ele tirou a touca e os óculos foi que percebeu que eu estava ali.

— Ei, Thaís! Que bom que apareceu. — Ele parecia realmente feliz em me ver. — E então, já acertou a matrícula?

— Vou falar com a minha mãe ainda. Mas acho que ela vai topar.

— Você me espera? Vou tomar uma chuveirada rápida e trocar de roupa.

— Espero, claro.

E, de novo, todas aquelas coisas. Principalmente falta de ar. *Respira, Thaís!*

O Pablo precisava voltar logo para casa para pegar com um amigo que morava perto a matéria daquela manhã. Mas fez questão de me acompanhar até a porta do prédio, mesmo não sendo o caminho dele.

Quando chegamos perto do orelhão, aquele na esquina da minha rua, ele parou e riu.

— Que foi?

— Sabia que foi aqui que eu te vi pela primeira vez? — Ele fez uma cara engraçada.

— Aqui?

— Eu tinha saído para andar de skate com o Pedro e o Thales, e ficamos conversando ali na portaria. Você acenou para o Pedro e, como eu não te conhecia, perguntei quem você era. Alguns minutos depois, você deu uma senhora cabeçada no orelhão. Apesar de ter achado muito engraçado, fiquei com pena. Foi a partir desse dia que não consegui mais tirar os olhos de você.

— Não acredito! — Dei aquele típico riso de nervoso. — E eu pensei que ninguém tinha visto aquilo.

Parabéns, Thaís, sua atrapalhada! Eu paguei mico para o Pablo e ainda nem o conhecia.

— Não lembro de você, só naquele dia do trabalho de história. — Tentei ao máximo esconder o meu desconforto por bater a cabeça em telefones públicos e levar a história numa boa. — Juro que eu não te vi.

Opa! Garota, esquece o mico da cabeçada e presta atenção no que ele disse: "Foi a partir desse dia que não consegui mais tirar os olhos de você". Parei de rir e o encarei. Os olhos dele estavam voltados para a minha boca. Minhas pernas viraram dois blocos de gelo.

— É... Eu percebi que você não tinha prestado atenção em mim... — Ele fingiu uma carinha triste. — Mas ainda bem que isso mudou. Assim espero.

E me beijou novamente. Foi tudo muito rápido, quando eu dei por mim aquela boca linda estava grudada na minha. Ele tem o dom incrível e louco de me beijar em lugares totalmente disparatados e nada românticos. Portas de cozinha e orelhões. Mas mesmo assim o beijo foi perfeito, como da outra vez. Um capítulo que poderia fazer parte de um daqueles livros que tanto li: "Beijos ao luar ou à luz de velas são totalmente clichês".

Não sei nem como eu entrei no prédio, peguei o elevador, apertei o botão do meu andar e abri a porta da cozinha. Ações feitas totalmente no automático. Só me dei conta de verdade de que estava dentro do apartamento quando vi o Sidney deitado na cama lendo uma apostila de biologia.

— Posso falar com você um instante? — Fiz a pergunta antes que desistisse da confissão.

Ele concordou e, antes que descobrisse por conta própria e se sentisse traído, uma vez que tinha se tornado amigo do Pablo, contei tudo o que tinha acontecido. Ele me olhava com cara de espanto. Nunca havíamos tido uma conversa parecida, era uma situação inédita tanto para mim quanto para ele.

— Eu jurava que você gostava do Pedro. — Ele se lembrou de piscar.

— Não posso negar que o acho bonito. Mas comecei a ficar interessada no Pablo desde o dia do trabalho de história aqui em casa.

— Vocês estão namorando? — Ele fez uma cara confusa e engraçada ao mesmo tempo. Não sei quem estava mais espantado com o papo. Nem nos meus sonhos mais remotos pensei que teria esse tipo de conversa com meu irmão, já que ele foi tão implicante e chato a vida toda.

— Não sei te dizer. Eu nunca namorei antes. — Dei de ombros e ri de nervoso, para variar. — Posso te dar essa resposta depois?

— Vou ficar de olho na senhorita, hein? — Ele fez uma cara séria, bancando o irmão mais velho. — Juízo!

— Isso eu tenho de sobra.

— Eu sei que tem, estou brincando. Sabe que eu gostei de saber disso? Minha irmãzinha apaixonada.

— Você acha que eu estou?

— Tudo indica que sim. — Ele largou a apostila de lado e riu com vontade. — Pelo menos a sua cara de idiota demonstra isso claramente.

— Para, Sidney! — Joguei um travesseiro nele.

— Quer dizer que esse mané beijou a minha irmã caçula duas vezes. Eu gosto do Pablo, mas, se você achar que ele está folgando, é só me falar. Posso dar um corretivo nele rapidinho.

— Afe! Que corretivo, Sidney? Vai bater nas pessoas agora?

— Eu sabia que aquele papo estava bom demais para ser verdade. — Apesar de você não concordar, acho que eu já sou bem grandinha, viu? Sei me cuidar.

— Espero que saiba mesmo! — Ele riu e deu uns soquinhos no travesseiro, com um tom de ameaça. Arregalei os olhos e ele começou a gargalhar, então entendi que ele estava brincando. Ufa!

— E você? Lembro que você falou, durante a viagem pra cá, que queria arrumar uma namorada. Não conheceu nenhuma garota?

— Conheci várias. Mas ainda não encontrei a certa.

— Eu senti que a minha amiga Bia estava caidinha por você durante o passeio na praia.

— Estava, é? — Ele fez a típica carinha de metido, como se não tivesse percebido que ela ficou babando por ele o tempo inteiro. — Mas ela é muito nova.

— Então para com essa sua mania de jogar charme para todas.

— O que eu posso fazer se esse é um talento natural meu? — Ele fez cara de conquistador. — Mas você tem razão. Vou parar de brincar com essas coisas.

— E o vestibular? Tem muita gente querendo fazer medicina na sua turma?

— Até que tem, viu? Vai ser difícil, mas não impossível. Vou conseguir, você vai ver.

— Tenho certeza. Bom, vou deixar você aí com a sua biologia.

Aos poucos, certa cumplicidade surgia entre a gente. E eu estava adorando essa nova fase com o meu implicante e lindo irmãozinho.

13 Frisson

Era meio óbvio que a minha mãe ia concordar com a natação. Afinal de contas, ela praticamente me intimou a fazer alguma atividade física. Só omiti a parte do Pablo. Apesar de ela ser muito legal, para a minha imensa sorte, eu ainda não me sentia confortável para falar sobre isso. Se nem eu entendia direito em que terreno estava pisando, preferi esperar um pouco mais. A Consultora Teen falaria: "Nada de precipitação. Deixe as coisas rolarem com naturalidade". E, por falar nisso, como será que andava o blog? Mais gente me xingando por não atualizar havia dias? Eu ainda não estava com muita vontade de saber, ia continuar o recesso.

No dia seguinte, fui até a secretaria acertar a matrícula da natação e comprar as coisas. Mas, para a minha total falta de sorte, não tinha maiô do meu tamanho nem touca.

— Procure no Shopping Tijuca, lá tem uma loja esportiva que vende todos esses itens — a secretária sugeriu, tão simpática que fiquei aliviada.

Então, de novo, fui surpreendida pela Brenda. De repente parecia que ela estava me perseguindo.

— Desculpa, Thaís. Eu ouvi a Marli falando sobre o shopping... — Ela deu um sorrisinho engraçado antes de continuar. — Você vai fazer alguma coisa hoje à tarde? Eu posso te acompanhar para comprar as coisas da natação. Bem, se você quiser a minha companhia, claro.

Essa família Telles realmente tem o dom de me surpreender. O irmão faz os meus cinco sentidos e mais alguns outros não descobertos pela ciência se manifestarem. E a irmã parece de verdade querer ser minha amiga. Ou alguma outra coisa que o meu escasso conhecimento de psicologia ainda não me explicou.

— Claro, Brenda. Vou adorar a sua companhia. — Resolvi pagar para ver até onde ia essa simpatia toda. Afinal de contas, ela podia virar minha cunhada, né? Hehehehe... E eu realmente precisava de ajuda, já que ainda não estava familiarizada com todas as lojas do shopping.

— Ótimo! Eu passo no seu prédio, dou um beijo no meu namorado e vamos fazer compras. Nada mais legal para fazer em plena terça-feira pra sair da rotina! Pode me passar o número do seu celular?

— Claro. Vamos marcar, vamos ver... Três horas está bom pra você?

— Perfeito!

Ela salvou o meu número em seu aparelho e, antes mesmo que eu abrisse a boca para perguntar o dela, voltou para a classe jogando aquela cabeleira.

Já em casa, tentei escolher uma roupa mais arrumadinha. Afinal de contas, eu tinha um encontro marcado com a sósia da Angelina Jolie, não podia ir toda largada. Escolhi uma blusinha rosa de babados, calça jeans escura e sapatilha preta, combinando com a bolsa. Fiz uma maquiagem básica e, quando estava quase terminando de ajeitar o cabelo, meu celular emitiu o sinal de mensagem.

> Tô aqui embaixo te esperando.
> Bjos, Brenda

Quando desci, ela estava com o Pedro. Ainda bem que eu tinha me arrumado um pouco. Ela estava com um vestido simples, porém que a deixava deslumbrante. Não que eu me achasse feia, mas queria saber qual era a sensação de ser tão bonita assim. Se olhar no espelho e estar sempre parecendo uma diva.

Caminhamos até o shopping e ela me levou direto para a loja de artigos esportivos. Por sorte, tinha tudo o que eu precisava. Experimentei o maiô e, quando me olhei no espelho, fiquei imaginando o Pablo me vendo com ele. Por uns minutos bateu um arrependimento. *Ele vai me ver praticamente pelada três vezes por semana!* Mas a nova Thaís, aquela que prometeu sair da teoria e ir para a prática, falou mais alto. *Pelada não, ô garotinha exagerada! Você ficou ótima no maiô. Arrasa, gata!*

— Tem uma torta de limão maravilhosa na praça de alimentação que estou doida pra comer há dias! Vamos, Thaís? — A Brenda estava empolgada.

Pedimos uma fatia para cada e sentamos a uma mesinha bem em frente à doceria. A torta era realmente divina. E começamos a conversar sobre um monte de coisas. Poxa, como as meninas estavam erradas! Aliás, as garotas em geral que não iam com a cara da Brenda. Ela era muito legal. Aquele negócio de que ela dizia que não malhava e comia de tudo sem engordar era pura fofoca. Ela tinha uma bicicleta ergométrica em casa e gostava de pedalar assistindo à novela das seis, sua favorita. Como ela não frequentava academia, as meninas inventaram essa lenda. E, por falar em lenda, outra que veio por terra: a de que ela não estudava e aprendia tudo na aula. Ela estudava sim, todas as tardes. E, por minha causa, não estava revisando a matéria de português. Antes que eu me sentisse culpada por tirá-la da rotina, ela me disse que precisava mesmo dar uma volta.

— Não preciso ser radical, né? Uma folguinha é boa pra variar.

— Brenda, me conta sobre os seus vídeos... Afinal, você quer ser modelo ou cantora?

— Hahaha, boa pergunta! — Ela comeu o restinho do suspiro da torta e fez cara de triste pelo fim do doce. — Eu fiz umas fotos como modelo para a loja da minha tia. Mas o que eu quero mesmo é ser cantora. Por isso gravei os vídeos, para saber o que o pessoal ia achar. Eu queria fazer aula de canto, sabe? Mas infelizmente não posso pagar.

— É muito caro? — Eu não fazia a menor ideia.

— Se tivesse lá no Portobello eu já estaria fazendo, mas a única coisa que não tem lá é música. Quer dizer, tem, mas é coral, né? Eu queria me preparar para ser uma cantora de verdade. Meus pais são separados. Eu e o Pablo moramos com a nossa mãe, e meu pai casou de novo e foi morar em Copacabana. Ele paga pensão para a minha mãe, mas mal dá para a mensalidade do colégio. E ela não tem condições de pagar o curso para mim. Enquanto isso, eu vou fazendo meus vídeos amadores.

— Você canta muito bem! Mas... — Eu não estava me aguentando de curiosidade. — Por que você me disse para ver justamente o vídeo de "Lucky"?

Ela riu e começou a tamborilar na mesa.

— Queria que você tivesse outra visão do meu irmão. Afinal, quem não curte um garoto que sabe cantar e tocar violão?

— Bancando o Cupido, Brenda?

— Ele não para de falar de você desde a tal cabeçada no orelhão em frente ao seu prédio.

— Eu não acredito que até você sabe disso! — Levei as mãos ao rosto de vergonha.

— Nós somos muito próximos, contamos tudo um ao outro. E a separação dos nossos pais só fez aumentar nossa intimidade. Ele gosta de você.

— Ele pediu pra você falar tudo isso pra mim?

— Não. Eu que sou enxerida e quis colocar lenha nessa fogueira logo.

Uma mensagem no meu celular me chamou atenção. Quando peguei para ler, jurava que era a Fabi, mas para meu espanto não era.

> Quer dizer que as minhas garotas favoritas estão se divertindo no shopping juntas? Pablo

Corei na mesma hora. Arrgghhh, existe remédio para parar com isso? A Brenda deve ter dado o meu telefone para ele, claro. A gente ainda não tinha trocado números de celular. Um minuto depois de ler a mensagem, senti duas mãos taparem os meus olhos. Reconheci o perfume na mesma hora.

— Vocês acharam mesmo que, sabendo que as duas estariam aqui, eu ia ficar quietinho em casa? — O Pablo me beijou no rosto e sentou na cadeira ao meu lado. O danadinho já estava no shopping e provavelmente me olhava quando mandou a mensagem. Claro que me viu corar quando li. Segundo mico, depois da infame cabeçada.

— Bom, acho que já cumpri a minha missão de hoje. Ajudei a Thaís a comprar o maiô da natação e agora preciso queimar as calorias da torta na minha ergométrica. Tchauzinho! — Ela fez um gesto com os dedos, e sua expressão era bem engraçada. — Maninho, seja um bom menino e leve a Thaís para casa.

— Eu sempre sou um bom menino, você sabe... — ele piscou para a irmã.

Ah, mania que esse coração estava de bater acelerado! Acompanhei com os olhos a Brenda pegar a escada rolante. Voltei a olhar para o Pablo e vi que ele me encarava, sorrindo.

— Você está linda.

— Obrigada. Você também não está nada mal... — Pisquei algumas vezes, de forma nervosa, e ele abriu um sorriso tímido, meio de lado. Era incrível como ele conseguia ser ousado, me beijando sem nem ao menos me dar a chance de recusar, e ao mesmo tempo abrir esses sorrisos tímidos tão fofos.

— Te vi ontem e já estava com saudades. — Ele olhou para a sacola em cima da mesa. — Que bom que agora temos pelo menos três encontros semanais na piscina do Portobello.

— A culpa é toda sua... Agora você vai ter que me aturar por lá. — Usei uma entonação debochada, mas estava declaradamente flertando com ele. *Thaís, você está demais, garota!*

— Quero te falar uma coisa... — Ele parecia meio nervoso, mas fingi que não percebi. — Quero que você saiba que não sou de ficar atacando garotas em cozinhas nem em telefones públicos.

O Pablo falou de um jeito tão engraçado que, juntando com o meu próprio nervosismo, caí na gargalhada. Ele apertou os olhos por causa da minha reação e acabou rindo também.

— Desculpa te interromper... — Suspirei e o encarei, a fim de encorajá-lo. — Pode continuar.

Ele corou. Ah, tão bom saber que garotos também ficam vermelhinhos!

— Eu sei que a gente nem se conhece direito. Mas acho que é um detalhe que vai ser muito fácil de resolver. — Ele passou as costas da mão na minha, e aquele simples toque me deixou toda boboca. — Estou gostando de você de um jeito muito especial, Thaís. E, sem querer parecer convencido nem nada, acho que você também sente algo por mim.

— Se você está sendo convencido eu não sei... — falei em tom de brincadeira. — Mas não está errado. Esse jeito especial que você falou também é verdadeiro pra mim.

Ele fechou os olhos por alguns segundos e sorriu em meio a um longo suspiro. O Pablo sempre me pareceu muito seguro todas as vezes que nos vimos, mas senti que ele estava especialmente nervoso, até mesmo com medo de que eu o rejeitasse. E, diferentemente das outras vezes, agora fui eu que me aproximei e fiz um carinho em seu rosto. De novo ele fechou os olhos, como se quisesse sentir com mais intensidade o meu toque inesperado. Eu me aproximei ainda mais e o beijei. Um beijo suave, apenas um leve encostar de lábios. Sentir o seu perfume era muito bom! Eu me afastei um pouco, mas ele me segurou pelos ombros. Sorriu e brincou de encostar o nariz no meu.

— Que bom que eu escutei a Brenda. — Ele riu, mas tinha um tom de alívio na voz.

— Como assim? — Nosso rosto ainda estava bem próximo.

— Ela praticamente me obrigou a vir aqui hoje. Que bom que eu obedeci.

— Hummm... Acho que vou agradecê-la amanhã por ser uma irmã tão mandona.

Conforme prometido, ele me deixou no meu prédio. Andar de mãos dadas com ele pelas ruas foi uma das coisas mais fofas que eu fiz nos últimos tempos. Quando subi, estava tão elétrica que escrevi um longo e-mail para a Fabiana. Eu precisava contar para ela com urgência! Mas só depois do jantar consegui ver se ela tinha respondido.

De: Fabiana Araújo
Para: Thaís dos Anjos
Assunto: RES: Estou entrando em colapso!

Amigaaaa!!
Tá namorandoooo, pa, pa, pa (onomatopeia das minhas palmas). Tá namorandoooo!
Olha, toda essa sua descrição de coração pulando, ar que falta, conversas mentais loucas e pernas que tremem só tem um nome: frisson.
Lembra daquele livro da Meg Cabot que lemos no ano passado, *A garota americana*? A irmã mais nova da Sam falou que ela estava assim pelo filho do presidente. Acho que a descrição se aplica perfeitamente a você.
Apesar de ter ficado imensamente empolgada com o seu e-mail, não posso ficar muito tempo na internet. Mas quero dizer que estou muito, mas muuuuuito feliz por você!
Beijos (com um suspiro apaixonado),
Fabi

Frisson. Hahaha! Eu me lembro desse livro da Meg Cabot. Gostei bastante, foi bem divertido. Resolvi procurar no Google a definição de *frisson*. No primeiro link, veio apenas a definição "arrepio". Cliquei em outro, do Dicionário Informal, e encontrei uma bem interessante: "Sensação de prazer intenso, um gozo na alma, uma felicidade em demasia. É sentir como se pudesse flutuar devido ao sentimento de felicidade abundante". Desci um pouco mais a tela, olhando os resultados da busca, e descobri que havia uma música do Roupa Nova com esse nome. A minha mãe é apaixonada por eles, já foi a vários shows. Cliquei no link e comecei a ouvir a música. Gente, como pode uma música falar tanto do que a gente está sentindo?

Você caiu do céu
Um anjo lindo que apareceu
Com olhos de cristal
Me enfeitiçou
Eu nunca vi nada igual
De repente
Você surgiu na minha frente
Luz cintilante
Estrela em forma de gente.

— Ouvindo Roupa Nova, Thaís? — Minha mãe parou na porta do meu quarto com uma expressão hilária, como se estivesse vendo um extraterrestre. — Sempre te chamei para ir aos shows comigo e você nunca quis. Eu me sentia até ofendida, pois você sempre respondia: "Ah, mãe, isso é show de velho". Como se música boa tivesse idade!

— Eu era boba. — Ri do flagrante. — Pode me convidar que da próxima vez eu vou.

Frisson. Hahaha! Palavra tão interessante...

14
A Consultora Teen volta das férias

A empolgação era tanta que nem mesmo os xingamentos que eu pudesse encontrar no blog iam me afetar. Bateu uma tremenda vontade de olhar e, quem sabe, responder mais alguma pergunta. Eu estava me sentindo tão feliz que queria compartilhar essa felicidade, mesmo que fosse com alguém escondido atrás de um apelido.

Uau!!! Muitas perguntas pendentes! Nem me dei ao trabalho de contar. Algumas pessoas, vendo que eu não respondia, mandavam a mesma pergunta três ou quatro vezes seguidas. Ignorei os comentários negativos pela minha ausência e me concentrei nos mais desesperados. Coloquei uma música para relaxar, respirei fundo, escolhi duas perguntas e comecei a escrever as respostas.

Consultora Teen,

Você sumiu! O que houve?! Você não pode simplesmente desaparecer, todas nós precisamos dos seus conselhos. Eu sei, eu sei... Mandei várias vezes a mesma pergunta. Peço desculpas se fui insistente. Mas é que eu estou muito estressada com um problema, sabe? Namoro um garoto já tem um tempo, mas ele não se esforça muito para me ver. Sempre tem uma desculpa, e acabo passando os fins de semana sozinha. Eu me sinto rejeitada. Antigamente parecia que eu era importante pra ele. Acho que na verdade esse namoro já acabou faz tempo e eu ainda não me convenci disso. Por que a gente cisma em querer que algo que não faz mais muito sentido continue? Carência? Falta de amor-próprio? Eu sou uma completa idiota? Por favor, me ajude.

Peço desculpas pela ausência. Eu estava fazendo um curso no exterior, justamente para estar mais apta a ajudar vocês. Fique calma! Foi só uma ausência temporária.

Bom, sobre a sua pergunta... Realmente é meio estranho que ele não vá te ver nem nos fins de semana. Como você não explicou os motivos (se ele estuda muito, mora longe ou tem que trabalhar), vou tomar como base o pouco que sei, ok? Muitas vezes insistimos numa situação por puro medo do sentimento de perda ou porque nos culpamos pelo fracasso. Aí você pensa: *Poxa, meu namoro acabou,*

onde foi que eu errei? E na verdade ninguém errou. Apenas a fase do encantamento passou. O tal "e foram felizes para sempre" funciona muito bem nos contos de fadas, mas na vida real nem sempre é assim. Se isso está te incomodando tanto, acho que vocês precisam conversar urgentemente! Se você está sofrendo, não tem por que adiar mais essa conversa franca. Uma pergunta que os dois precisam responder: esse namoro está sendo bom para ambos? Porque, pelo visto, para você não está. Um namoro deve trazer alegria, frio na barriga, ansiedade pelo próximo encontro. Coisas que não têm acontecido, conforme você relatou. Espero ter ajudado, mas só você poderá resolver esse problema. Reflita e tome a decisão que te faça mais feliz, mesmo que isso cause certo sofrimento de início. Boa sorte!

Beijos,
Consultora Teen

Curso no exterior? Que cara de pau! Eu nem sequer tenho passaporte, mal saí do Rio de Janeiro. Foi a melhor desculpa que encontrei para o meu sumiço. Mas até que não seria má ideia, hein? Fazer intercâmbio sempre me pareceu um sonho, ainda que distante... Bom, vamos para a próxima!

Consultora Teen,

Fiquei com um garoto uma única vez. Eu já era a fim dele fazia tempo, só que ele nem olhava pra mim. Numa festa aconteceu a grande chance. Se eu já pensava estar apaixonada, depois daquele dia fiquei ainda mais. Só que no dia seguinte ele não me ligou. Nem no próximo. Depois eu soube que ele estava namorando e fiquei arrasada. Eu tento tirá-lo da cabeça, mas estudamos no mesmo colégio. É um sofrimento que não desejo pra ninguém. Ele fala comigo, me cumprimenta, não finge que não me vê. Se ele fizesse isso, seria até melhor, pois eu ficaria com raiva dele. Mas não... Ele é fofo e justamente por isso dói ainda mais. Não sei o que fazer, até pensei em mudar de colégio pra ficar longe dele. Não dizem que "O que os olhos não veem o coração não sente"?

Imagino o seu sofrimento. Esses ditados populares antigos, muito usados para justificar situações, algumas vezes até funcionam. Mas vamos falar o português claro? Se você sair do colégio por causa disso, quem garante que não vai vê-lo fora de lá? E ainda há a internet e as redes sociais para matar qualquer curiosidade (e saudade).

Numa coisa você tem razão. Já vi muitos casos de ex-ficantes fingirem que nem se conhecem dias depois; passam na rua e viram a cara. Considero esse comportamento completamente imaturo. Já que ele não se comporta dessa forma, parece ser um cara legal, e entendo que você não consiga deixar de gostar dele.

Muitos até poderiam falar para você arrumar um namorado a fim de esquecer o antigo amor. Mas pense comigo: você acharia justo ser usada para que um garoto se esquecesse de outra? Acho que não. Então não faça o mesmo. Meu conselho: faça coisas que deixem você feliz, invista mais tempo em si mesma. Mude seus hábitos! Fazer coisas diferentes vai desviar o foco dos seus pensamentos. E, quando você menos esperar, nem estará mais pensando tanto nele, pois sua mente estará ocupada com assuntos muito mais interessantes.

Beijos,
Consultora Teen

No dia seguinte, notei que a Marina e a Matiko estavam meio estranhas. Tudo bem que a gente não pode ficar conversando em sala de aula, mas elas estavam caladas demais. A Bia até fez uma careta para mim, que significava: "O que está havendo com elas?" Dei de ombros, sem entender.

Quando deu o intervalo, puxamos as duas para o nosso cantinho no pátio. E, antes que elas soubessem por outros meios, resolvi falar sobre o Pablo. Contei que a gente estava ficando e que justamente a Brenda estava dando a maior força.

— Ai, Thaís, como você é boba. — A Marina estava séria.

— Oi? — Até engasguei com o suco. — Você acha que eu sou boba por ficar com o Pablo?

— Não é isso. — Ela continuava de cara feia. — O Pablo é legal, a gente notou que vocês tinham ficado a fim um do outro desde o passeio de bicicleta. Mas não confia na Brenda. Gente, estou passada! — Ela colocou as mãos no rosto totalmente contrariada, com raiva mesmo.

— Marina, por favor, você pode explicar? — Era a primeira vez que eu a via assim, agressiva. — Aliás, você e a Matiko estão muito esquisitas hoje.

— Olha, Thaís... — A Marina suspirou, ainda bastante impaciente. — Desculpa, mas acho que a Brenda está se fingindo de amiguinha e usou o próprio irmão para afastar o Pedro de você. Como vocês ficaram amigos e ainda por cima são vizinhos, não acredito nessa amizade gratuita não. Essa garota é muito falsa!

— Que absurdo, Marina! — A Bia estava chocada. — Eu também implico com a Brenda, acho que ela é toda metidinha e se acha a tal, mas aí já seria ir longe demais. A gente sabe muito bem que o Pedro é apaixonado por ela, como metade dos garotos idiotas daqui. Não que o Pedro seja um idiota, afeee! — Ela bufou. — Eu me expressei mal. É que essa sua acusação é meio sem noção. A Thaís veio toda feliz contar a novidade pra gente e você ficou toda nervosinha sem necessidade. Cortou o clima totalmente!

— Tudo bem! Vocês querem saber o motivo de eu estar chateada? — A Marina cruzou os braços e lágrimas lhe encheram os olhos, o que me deixou com o coração apertado, apesar de ainda estar assustada com aquela agressividade toda. — Quando os dois terminaram nas férias, eu fiquei com o Pedro. Pronto, falei! — Ela fez uma pausa, já que nós fizemos um coro de "ohhhhh" quase ensaiado depois da confissão. — Mas foi só uma vez, numa festa. E ele voltou com a Brenda logo na primeira semana de aula. Ver os dois juntos aqui no colégio me corta o coração. Eu falei isso para a Consultora Teen e ela me respondeu. Meio irônico eu perguntar sobre isso justo pra ela! — Ela riu debochada. — Se foi justamente depois de um conselho dela que a Brenda correu atrás do Pedro e eles voltaram. A Consultora Teen me disse para esquecer o garoto, fazer outras coisas, mudar o foco. Ela não está errada, a minha raiva nem é do conselho dela, mas de mim mesma por insistir numa coisa que eu sei que nunca vai dar certo.

Então a pergunta era dela? Tadinha... Eu já tinha percebido que ela gostava do Pedro, mas não a ponto de pensar em sair do colégio para ficar longe dele. E eu entendia totalmente o ciúme da Brenda.

— Então era você a dona da outra pergunta de ontem? — A Matiko balançou a cabeça, sem acreditar. — Ela também respondeu a minha pergunta!

— Mentira! — A Bia deu uma risada alta, chamando a atenção de um grupo que estava perto. — Desculpa, meninas — baixou o tom de voz. — É muita coincidência. Ou vocês combinaram de mandar as perguntas? Qual foi a sua, Matiko?

— É... — Ela fez uma carinha triste. — Como o blog não estava sendo atualizado, fiquei mandando um montão de vezes a mesma pergunta até ela responder. Pensando bem, bateu até uma vergonha agora! Ainda bem que a gente não precisa se identificar. Se vocês contarem pra mais alguém...

— Relaxa, Matiko. — Fiz um carinho no braço dela. — Esse assunto vai morrer aqui, não vamos falar nada. Certo, Bia? — Ela concordou com a cabeça. Meu coração estava aos pulos! Eu já sabia o que era, mas precisava fingir que não. Agora, juntando a pergunta com a pessoa, tudo começava a fazer sentido. Eu estava realmente assustada com o rumo das coisas.

— Eu falei do meu namoro totalmente empacado — a Matiko continuou. — Eu aqui na Tijuca e ele lá no Recreio. Não dei detalhes, só contei que a gente nem se encontra mais nos fins de semana. Depois que eu li a resposta da Consultora Teen, liguei pra ele. No mesmo minuto! Sabe o que ele me disse? Que realmente não tinha como ficar vindo pra Tijuca, que era muito longe. E mais... Que até já estava a fim de outra garota, do condomínio dele! Vocês acreditam nisso? Ele terminou comigo por telefone, nem se deu ao trabalho de vir me ver e fazer isso pessoalmente. Muito covarde! Por que ele não falou logo que não queria mais? Que ódio!

— Eu sinto muito, Matiko! — Ela não fazia ideia do tanto que eu realmente sentia. — Mas pelo menos agora você está livre. Pode até namorar outro garoto se quiser. Se ele não te deu o devido valor, outro com certeza vai notar como você é legal.

— Acho que vou seguir o mesmo conselho que a Consultora Teen deu para a Marina. Vou pensar nas minhas coisas, mudar o foco e esquecer os garotos por enquanto. Estamos juntas nessa, Marina? — a Matiko estendeu a mão para ela.

— Juntas, Matiko! — Elas se deram as mãos. — A gente se consola e se ajuda. Onde está escrito que só namorando se é feliz? Solteiras, felizes e maravilhosas!

— É isso aí, garotas! — A Bia juntou nós quatro num abraço coletivo. — Vamos combinar de sair mais. Vai ser divertido. Contem comigo!

— Comigo também, claro! — falei.

— Só fiquei chateada com uma coisa... — A Bia ficou séria. — Vocês duas estavam sofrendo, por que não contaram pra gente? Poxa, foram desabafar com uma pessoa anônima na internet, sendo que estamos aqui com vocês todos os dias? Bom, se isso resolveu o problema, tudo bem, eu perdoo. Eu posso não ter uma experiência tão grande assim, mas vocês podem usar o meu ombro. — Ela olhou para as duas e sorriu. — Corrigindo, os meus *ombros*.

O sinal indicando o fim do intervalo interrompeu o assunto. Em meus pensamentos mais egoístas, achei que, quando eu contasse que estava ficando com o Pablo, elas iam me bombardear de perguntas. Mas a Consultora Teen roubou a cena. Que coincidência mais louca! Como eu fui escolher justamente as perguntas delas? Tudo bem, eu sempre soube que a grande maioria das perguntas vinha do Portobello, mas justamente das minhas duas novas amigas? Claro que me lembrei na hora da Fabi. Que coisa de novela! Esse segredo estava ficando cada dia maior e mais perigoso. Se elas pudessem sequer imaginar que a Consultora Teen estava ali na frente delas...

Até tentei prestar atenção no restante das aulas, mas minha cabeça fervilhava. O que eu escrevi no blog tinha afetado duas amigas que a cada dia se tornavam mais queridas. Seguindo a linha de raciocínio da Bia, se eu tivesse lhes dado esses conselhos pessoalmente, elas teriam seguido? Dado valor? Elas estavam sofrendo, cada uma no seu canto, e não desabafaram com a gente. Mas uma pessoa "estranha" na internet teve um peso enorme na decisão delas.

A voz do professor ecoava e eu mal sabia o que ele estava falando. Copiava mecanicamente tudo o que ele escrevia no quadro, mas nem de longe estava entendendo. De repente senti o peso enorme da responsabilidade da minha brincadeira.

E a Brenda? Ela me pareceu tão sincera quando armou aquele encontro no shopping. Não era possível que tivesse feito aquilo para me afastar do Pedro, se aproveitando do próprio irmão. Isso seria maquiavélico demais. A Marina estava exagerando por causa do amor mal resolvido que tinha pelo Pedro. Eu não ia considerar o comentário dela.

Quando cheguei em casa, almocei algo bem leve, já que teria a minha primeira aula de natação. Minha mãe, toda empolgada, me deu de presente uma bolsa para colocar toalha e outras coisinhas que eu precisasse. Vesti o maiô e me olhei no espelho. De novo bateu a vergonha de usá-lo na frente do Pablo. Ainda mais que eu ia parecer uma destrambelhada, quase me afogando. Antes que a covardia me fizesse desistir, tomei o caminho do Portobello. Cheguei dez minutos adiantada e fui falar com o professor Ricardo.

— Thaís, quero que você fique tranquila. — Ele segurou meu ombro e falou com tanta confiança que meu medo quase desapareceu como que por encanto. — Não vou exigir de você nada de extraordinário. Não fique com vergonha por não saber nadar. Ninguém vai debochar de você. A piscina tem uma parte mais rasa e é nela que você vai ficar. A água vai chegar na sua cintura, e você vai usar essa prancha para aprender a bater os pés sem ficar com medo de se afogar. Sentiu medo, é só colocar os pés no fundo da piscina. Vou te passar alguns exercícios de respiração e aos poucos você vai ficar mais confiante. Estamos combinados?

— Combinados.

A tarde estava quente, e o cheiro da água da piscina era um convite e tanto para mergulhar. A turma nem era tão grande, um total de dez alunos. Como o Pablo já era experiente, ficou na parte mais funda, parecia um peixinho. A aula passou voando! Eu ainda tinha muito que aprender, mas fiquei feliz por fazer algo que para mim era tão diferente. Eu nunca tive medo de água, apenas não tive a oportunidade de aprender a nadar.

Na hora de ir embora, só vesti uma bermuda e uma camiseta por cima do maiô. Não queria trocar de roupa no vestiário, na frente das outras garotas. Seria muito progresso de uma vez só! Esperei o Pablo se trocar e ele me acompanhou até em casa.

— Tenho uma confissão pra te fazer... — Ele riu do jeito que eu falei, mas fez cara de desconfiado.

— Que confissão?

— Eu vi o seu vídeo cantando "Lucky" com a Brenda.

— Não acredito! — As bochechas dele ficaram vermelhas, o que o tornou ainda mais lindinho. — Jura que ela ainda não tirou aquela porcaria do ar?

— Não tem nada de porcaria. Achei fofo.

— Fofo?

— Esse vídeo tem o quê... uns seis meses? Você estava mais bochechudinho, dá vontade de entrar no vídeo e apertar.

— Ah, que ótimo! — Ele riu. — Fofo e bochechudinho. Tudo sinônimo de gordo.

— Que gordo, Pablo? Eu, hein? Adorei saber que você toca violão. Você devia gravar mais vídeos.

— Aquilo foi só uma brincadeira de uma tarde. Tudo para satisfazer a Brenda. A exibida da família é ela. Eu gosto de tocar, mas não me dedico tanto assim.

— Brincadeira ou não, eu adorei. De vez em quando me pego cantarolando essa música, tudo por sua causa.

— Se a música te faz pensar em mim, valeu o mico de ter gravado. — Ele se aproximou e fez um carinho no meu rosto. — Tenho um milhão de coisas pra estudar pra um trabalho de física. Acho que só vamos nos ver na sexta. Vai ser um encontro duplo! Na natação e no show do Dinho Motta.

— Sexta vai ser incrível! — vibrei. — Então, como só vamos nos ver daqui a dois dias, eu mereço dois beijos de despedida hoje.

Ele abriu o sorriso mais lindo do mundo! O Pablo tem os mesmos olhos verdes da irmã, e quando ele sorri eu perco qualquer noção de realidade. Ele fez o que eu sugeri. Eu mal podia acreditar que tinha falado isso. Mas ele me passava uma segurança tão grande de que gostava realmente de mim que não tive medo de expressar meus sentimentos. Não bateu aquele velho receio de ser meio ousada e acabar sendo rejeitada. Por mais que a gente ainda não tivesse assumido um namoro ou algo do tipo. Quando ele foi embora e eu o observei desaparecendo ao dobrar a esquina, meu coração ficou apertado. Não tinha mais jeito, era oficial: eu estava apaixonada! Achava tudo perfeito e me pegava sorrindo com cada detalhe: quando ele pegava a minha mão, ajeitava uma mecha do meu cabelo que cismava em cair no rosto, as mensagens sem motivo que me mandava no celular e o cuidado de me trazer até o portão.

Uma vez assisti à reprise de uma série com a minha mãe. Ela disse que passou pela primeira vez na década de 80, quando ela era adolescente, praticamente da minha idade. A série se chamava *Anos dourados*. A história de amor de Lurdinha e Marcos era muito fofa, eles se amavam tanto! Ela estudava no Instituto de Educação e ele no Colégio Militar. A série se pas-

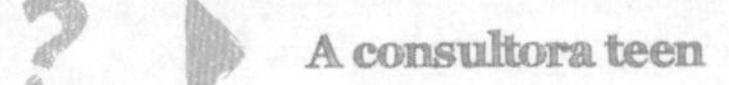

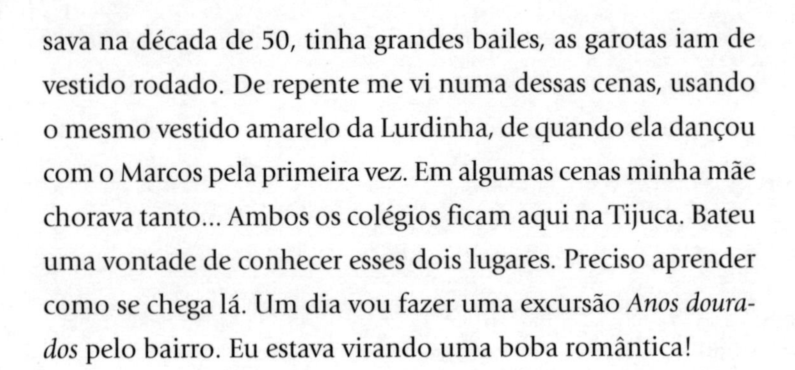
sava na década de 50, tinha grandes bailes, as garotas iam de vestido rodado. De repente me vi numa dessas cenas, usando o mesmo vestido amarelo da Lurdinha, de quando ela dançou com o Marcos pela primeira vez. Em algumas cenas minha mãe chorava tanto... Ambos os colégios ficam aqui na Tijuca. Bateu uma vontade de conhecer esses dois lugares. Preciso aprender como se chega lá. Um dia vou fazer uma excursão *Anos dourados* pelo bairro. Eu estava virando uma boba romântica!

15
Que surpresa maravilhosa!

Sexta-feira! Finalmente o dia do show tinha chegado! A Brenda, particularmente, estava eufórica. O empresário do Dinho Motta tinha entrado em contato com ela dizendo que ele gostaria de dar uma entrevista exclusiva para o blog dela. Se as garotas já implicavam com a Brenda antes, imagine agora, com essa novidade. Não sei se esses amuletos contra mau-olhado realmente funcionam, mas ela ia ter que andar com vários, pois a inveja seria gigantesca. O próprio Dinho queria vê-la! Eu previa tempestade, raios e trovões.

Diferentemente dos outros dias, o Pablo não foi me levar até a porta de casa depois da natação. Precisávamos nos arrumar para o show e nos encontraríamos mais tarde.

Quando entrei no apartamento, comecei a gritar de alegria. Meu pai estava em casa, finalmente! Corri e o abracei bem forte.

— Pai, que saudade! Que bom que você mudou de uma vez por todas! Não aguentava mais esperar.

— Está tudo certo agora, filha. Meu consultório vai ser aqui na Tijuca mesmo. Vamos almoçar juntos todos os dias, como antigamente.

— Pode deixar que eu vou fazer propaganda do consultório para o colégio inteiro. Logo você vai ter um monte de pacientes.

— Assim espero! — Ele riu da minha empolgação. — Na semana que vem já terei arrumado tudo e começo a trabalhar. Mas agora tenho algo muito mais importante para falar. Eu trouxe uma surpresa de Volta Redonda. Por que não dá uma olhada no seu quarto?

Curiosa, saí correndo, abri a porta e tomei o maior susto. A Fabi estava deitada na minha cama lendo um livro!

— Fabiiiiii! Não acredito! — Nós nos abraçamos e gritamos feito duas loucas. Meus pais apareceram na porta do quarto e riram do fuzuê que a gente fez.

— Thaís!!! Gostou da surpresa? — Ela não parava de pular.

— Se gostei? É óbvio que sim! Mas por que você não me avisou?

— Se avisasse não seria surpresa, né? Dãããã! E tem outra coisa... Olha o que eu tenho aqui. — Ela sacudiu um pedaço de papel, dando mais pulinhos pelo quarto. — Eu vou ao show com você hoje!

A gente gritou tanto que meu pai apareceu na porta de novo para ver se tinha acontecido algo mais grave. Mas eram apenas duas garotas histéricas, e não lhe restou outra coisa a não ser rir da nossa cara.

— Você vai ficar até quando? — perguntei, ansiosa.

— No domingo de manhã vou embora. Vim com o seu pai, mas vou voltar com a minha madrinha, que veio passar uns dias aqui. Nem acredito que a minha mãe me deixou vir! Eu já sabia desde a semana passada. Foi difícil guardar segredo por tanto tempo. Minha mão coçou pra te contar todas as vezes que te mandei e-mail. Lembra que você até perguntou por que eu só ia encontrar o Leonardo no domingo? Pois é! Eu te deixei no vácuo de propósito e você nem notou.

Parecia que não nos falávamos fazia anos! Era um falatório tão grande que uma atropelava a outra. Principalmente quando o assunto eram garotos. Nem vimos a hora passar.

— O papo das duas mocinhas está muito bom, divertido e um tanto histérico... — O Sidney fez cara de deboche. — Mas é melhor você se arrumar logo, Thaís. Já está quase na hora de sair. Não vão querer perder o show, né?

Tomei um susto quando vi o horário. Corri e tomei um banho rápido, depois coloquei uma roupa confortável, para poder dançar bastante.

Assim que chegamos ao clube, apresentei a Fabi para todo mundo. Quando ela viu o Pablo, deu aquela risadinha de lado que só eu conheço. Antes de o show começar, fomos ao banheiro e ela cochichou, já que as meninas da minha classe estavam por perto:

— Thaís, que lindoooo que é o Pablo! E o Pedro, hein? Agora eu entendo toda a sua confusão mental assim que você mudou, meu Deus!

O Tijuca Tênis Clube estava lotado. Era a minha primeira vez lá, e achei o lugar grande e bonito. O show seria no ginásio. O Portobello em peso estava nas arquibancadas. Como o público era composto basicamente por adolescentes, o início foi marcado para as sete horas, para poder liberar todo mundo cedo.

Quando o Dinho Motta apareceu no palco, foi uma gritaria tão grande que pensei que fosse ficar surda. Ele era muito mais bonito pessoalmente. Ao mesmo tempo em que estava curtindo o show, cantando todas as músicas e pulando sem parar, fiquei pensando em como seria diferente se tudo isso tivesse acontecido há uns três meses. Com todos aqueles pôsteres que eu tinha na parede do quarto e a quantidade de folhas de caderno gastas para escrever "Thaís Motta", certamente eu teria desmaiado de emoção.

Dentro do ginásio lotado, em meio a gritos histéricos e luzes coloridas, cheguei a uma constatação: eu tinha crescido. Ou amadurecido. Bom, a palavra exata para traduzir meus sentimentos eu ainda não sabia ao certo, mas o fato era que eu me sentia diferente. E, pela primeira vez em muito tempo, fiquei imensamente feliz com essa sensação. Não fazia mais sentido o medo de crescer. A garotinha do porta-retratos da antiga casa de Volta Redonda, que adorava brincar de boneca, agora estava num show incrível. E, diferentemente do que teria acontecido muito pouco tempo atrás, meu coração não pertencia a quem estava no palco. Mas a um garoto extremamente cheiroso de camisa verde ao meu lado. Olhei para o Pablo e sorri. Tocou uma baladinha romântica e ficamos abraçados durante todo o tempo da música. Foi um momento mágico, que durou apenas essa canção, pois o resto do show foi agitado e eu não conseguia parar de pular com a Fabi. Era nosso primeiro show "adulto" juntas! E a primeira vez que eu tinha a companhia de alguém por quem estava realmente me apaixonando na vida real, não um amor platônico de fã. Ahhhh, essas tais primeiras vezes incríveis...

A banda que acompanhava o Dinho era fantástica, e minha roupa grudou no corpo, de tanto que pulei. O show durou duas horas e seria assunto por uma semana no mínimo. O Pablo ria do meu estado, totalmente descabelada. A verdade era que eu estava muito feliz. Com tudo. Como nunca imaginei que pudesse ficar. A única coisa que foi, digamos assim, ruim: a Brenda nem me convidou para ir ao camarim com ela. Pensei que até pudesse me chamar, mas não rolou. Ela foi sozinha! Nem mesmo o Pablo entrou. Aí, claro, a Marina virou para mim com um "Não falei?", mas preferi não alimentar a discórdia. Queria tanto ter uma foto com o Dinho Motta... Pelo visto vou ter que esperar outra oportunidade. Apesar de ter sido excluído do encontro, o Pablo ficou esperando a irmã e eu voltei para casa com o Sidney e a Fabi. Queria aproveitar cada segundo da presença dela. Ficamos de nos encontrar de novo no domingo.

— Vou ficar com saudades — ele disse ao se despedir com uma carinha de cão abandonado.

Tive que tomar outro banho antes de dormir. Meu estado era lamentável. A fofa da minha mãe já tinha preparado um colchonete ao lado da minha cama. Tudo estava arrumadinho para quando a gente chegasse. E o meu pão doce favorito! Ahhh, que noite perfeita.

Bem que tentamos conversar mais um pouco, mas o cansaço não deixou. Comemos e capotamos, cada uma no seu canto. Mas, pela manhã, atualizamos todas as fofocas de novo.

— Thaís, foi tão legal ontem! Apesar de você ter me apresentado oficialmente para os seus novos amigos só agora, eu me lembrava das fotos, e foi como se já os conhecesse há muito tempo. Estou muito feliz por você. Fora o Pablo, né? Vocês ficam lindos juntos! — Ela suspirou. — Ele realmente gosta de você, dá pra notar pelo jeito como te trata, todo carinhoso.

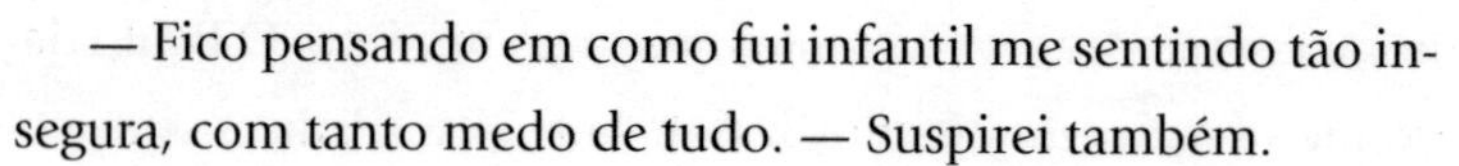

— Fico pensando em como fui infantil me sentindo tão insegura, com tanto medo de tudo. — Suspirei também.

— Eu não penso assim. Cada um reage de uma forma. Alguns ficam empolgados com grandes mudanças, outros se retraem. Quando você decidiu aproveitar as oportunidades, viu que não era nenhum bicho de sete cabeças. E o blog da Consultora Teen? Vi que você atualizou essa semana. Não estava querendo parar? Mudou de ideia?

— Eu atualizei, mas estou muito indecisa. Você sabe... Tudo começou como uma brincadeira de uma tarde. Aí sem querer ajudo a garota mais popular do colégio e o blog fica famoso da noite pro dia. Sei que de certa forma eu auxilio algumas meninas, mas não sei se quero continuar. Minha vida está tão agitada agora! O colégio, as aulas de natação, o Pablo... Não sei se vou conseguir me dedicar. As leitoras do blog são intensas e passionais! Exigem respostas rápidas, como se eu fosse a salvação da humanidade. E tudo isso, vamos combinar, é completamente sem noção.

— O blog não é uma obrigação, Thaís. Você faz se quiser. Eu no seu lugar também não sei o que faria. — Ela fez uma careta engraçada. — Posso te pedir uma coisa? Você entra com o seu login para eu ver as perguntas que você ainda não respondeu? Fiquei curiosa.

Fiz o que ela pediu. Mais pessoas tinham deixado perguntas. Ela viu os xingamentos e ficou horrorizada com alguns, mas deu risada de outros.

— O que eu faço? Nossa, como estou indecisa! — Eu olhava com certo cansaço para a tela. — Não quero ter a responsabilidade de consertar o mundo. Vou excluir! — Bati no tampo da escrivaninha e a Fabi deu um pulo de susto. — Chega de adiar. Vamos fazer isso juntas?

— Está decidida? — a Fabi perguntou, com um ar preocupado. — Vai mesmo encerrar o blog? Não seja precipitada.

— Vou — respondi depois de respirar fundo, como se buscasse coragem lá no âmago da alma. — Vamos deixar quem tem competência para isso fazer o trabalho. Mas acho que vou escrever um texto falando sobre isso, o que acha? Uma despedida. Deixo um tempo para que as pessoas vejam e depois excluo de vez.

— Acho que pode ser uma boa... — ela concordou. — Brincando ou não, você ajudou algumas pessoas, e acho que seria um carinho pelo menos dar um tchau oficial.

Olhei para a Fabi e ela fez um gesto afirmativo com a cabeça. Resolvi primeiro escrever um rascunho no editor de textos para depois colar na postagem final do blog.

Queridas leitoras,

Conforme dito no primeiro texto publicado neste blog, este era um espaço experimental. O objetivo era tentar amenizar as dúvidas das adolescentes sobre as mais diversas questões.

Em tempo recorde, o blog recebeu milhares de acessos e centenas de mensagens foram deixadas por leitores de todo o Brasil. Por um lado, fiquei feliz com a aceitação da proposta. Por outro, fiquei preocupada com a qualidade do apoio a ser dado a vocês. Nem sempre posso estar online, algumas perguntas chegam com um pedido de urgência que não posso atender. Por conta disso, aviso que o blog terá suas atividades encerradas.

Quando eu penso na adolescência, me vêm à mente as seguintes palavras: amor, paixão, dança, alegria, festa, namoro, amizade, escola, sorvete, pizza, música, praia, piscina, livros, cinema, risadas.

Além disso, ficou ainda mais claro para mim que a adolescência é uma fase que nos traz muitas dúvidas, e isso gera insegurança. Portanto aqui vai o meu último conselho: procurem ajuda de pessoas confiáveis, próximas de seu convívio e principalmente com mais experiência.

Deixo o meu beijo de boa sorte e o meu desejo sincero de que vocês sejam felizes.

Adeus,

Consultora Teen

Olhei para a tela e revisei o texto duas vezes. Apesar de estar decidida, bateu uma tristeza na hora de publicar. A Fabi estava com cara de velório. Copiei o texto e, quando me preparava para colar no blog, apareceu uma notificação.

— Peraí, Thaís! — Ela segurou a minha mão. — Antes de publicar, dê uma olhada nesse comentário. Por favor!

Ela fez uma cara tão grande de súplica que resolvi olhar. E, se já estava com o coração apertado com a decisão de encerrar o blog, o recado me deixou ainda mais insegura.

Oi, Consultora Teen!

Um tempinho atrás eu falei aqui que meu pai não me deixava sair com as amigas e ir para festas. Segui o seu conselho e conversei com ele. Você não sabe como foi maravilhoso! Pensei que ele ia brigar comigo, mas não foi o que aconteceu. Ele entendeu o meu lado, viu que estava exagerando na superproteção e agora me deixa sair mais. Em uma das vezes em que ele foi me deixar na casa de uma amiga, acabou conhecendo o pai dela e eles ficaram amigos também! Não é o máximo? Hoje vai ter churrasco na casa dela e ele vai comigo. Estou muito, muito, muuuuuito feliz! Ele passou a entender mais o meu mundo e, o que é melhor, a fazer parte dele. Acho que você devia ganhar um prêmio por ajudar tanta gente. Apesar da curiosidade imensa para saber quem você é, o que faz além do blog, quantos anos tem, sua aparência e onde mora, penso em você como uma grande amiga. Obrigada! De verdade!

— Ai, Thaís! — A Fabi só faltou chorar. — Isso é um sinal! Não acabe com o blog, por favor! Tudo bem, eu sei que você está sem tempo e sente que tem uma responsabilidade enorme. Mas pensa bem. Você ajuda as pessoas. Tenta não levar tão a sério, sei lá, marca um dia na semana para responder algumas perguntas. Você é boa conselheira, amiga! Hein? Por favor, por favor!

— Se você queria tanto que eu continuasse com o blog, por que não falou de uma vez? Por que me deixou escrever o texto de despedida? — Suspirei olhando para a tela.

— Eu não queria te ver agoniada, só isso. Faz um teste. Tenta ver o blog de outro jeito. Começou como uma brincadeira, ficou famoso sem querer, mas é uma coisa legal. Não precisa dizer quem você é se preferir continuar no anonimato. Você até pode fingir que é a tal colunista que toma cappuccino nos corredores da *Universo Teen*. Seu jeito de escrever faz as pessoas acreditarem que você realmente tem experiência e sabe das coisas. E daí se você é uma adolescente ainda meio inexperiente? Ninguém precisa saber, contanto que você continue agindo como tem feito até agora. Só não leve tão a sério! Você não precisa salvar o mundo todo, essa responsabilidade não é sua. Apenas faça o seu melhor. Só isso.

As palavras da Fabi me convenceram. No fundo eu queria continuar, mas de novo estava me deixando levar pelo medo. Tudo bem. Vou me dar mais essa chance de deixar rolar, não ser tão exigente comigo mesma. Salvei a carta de despedida no computador, mas não publiquei. E a Consultora Teen tinha a sua consultora particular: a amiga mais legal do mundo e que a incentivava a fazer as melhores coisas.

Com a decisão tomada, mudamos o foco. Baixei as fotos do show e rimos um bocado delas. Principalmente do meu estado desgrenhado. Atualizei o meu perfil no Facebook com as melhores, para que os meus amigos pudessem ver.

Enquanto a gente olhava outras fotos do show, algo nos chamou atenção: a Brenda tinha postado um vídeo. Ela simplesmente cantou uma música, voz e violão, com o Dinho Motta!

A tal entrevista exclusiva que ele queria dar nos bastidores virou um dueto de "E se o meu amor acabar", a baladinha romântica que eu e o Pablo ouvimos abraçados. Em poucas horas o vídeo já tinha mais de três mil visualizações.

— Caramba! Essa sua cunhada canta bem! — A Fabi olhava espantada para a tela. — Ela é cantora profissional?

— Ela me disse que esse é o maior sonho dela. — Eu também olhava espantada para o computador. — Já vi outros vídeos dela, mas nesse ela está realmente inspirada!

— E que inspiração, né? Vamos combinar. — Ela apontou e caiu na risada. — Eu ia gaguejar e esquecer a letra de tanto nervoso. Mas ela aproveitou bem a oportunidade.

Minha mãe preparou um almocinho delicioso e depois a família toda foi passear. Meu pai foi dirigindo, e o espaçoso do Sidney sentou no banco do passageiro. As meninas foram no banco de trás. Quando digo "meninas", quero dizer minha mãe, a Fabi e eu, hehehehe...

Foi ótimo! Primeiro fomos ao Pão de Açúcar. Só esse passeio durou a tarde toda, já que havia filas enormes para comprar a entrada e pegar o bondinho. Mas valeu a pena, pois o dia estava lindo e tiramos fotos incríveis. Depois fomos a uma churrascaria bem legal, ali pela zona sul mesmo. Minha mãe já ia reclamar que estávamos gastando muito, mas meu pai deu um beijo nela.

— Calma, Celina. Relaxa e vamos comemorar a nossa nova fase de vida. — Ele foi todo carinhoso, abriu um sorriso enorme, e ela esqueceu um pouco as finanças.

Foi difícil me despedir da Fabi no dia seguinte. A gente prometeu continuar no mesmo esquema: trocando e-mails enquanto o castigo do celular permanecer.

Cerca de uma hora depois que ela foi embora, chegou mensagem do Pablo:

> Como o seu pai chegou e prevejo que você vai me dar uma desculpa e dizer que não pode sair, a Brenda vai passar na sua casa umas três horas e te chamar para tomar um sorvete. A resposta "não" será ignorada. Bjs, Pablo

Hahaha, que garoto mais folgado! Gostei da ousadia, praticamente bancando o "chefe". Queria me ver e, antes mesmo que eu discordasse, já tinha elaborado um plano B. E se eu tivesse compromisso? Ou até não quisesse vê-lo? (Até parece...) Mas gostei dessa versão decidida do Pablo. Aí veio aquele tradicional calor de dentro para fora. Ai, ai...

> Sr. Pablo Folgado Telles, vou aguardar a Brenda e fingir surpresa com o convite. Boa estratégia a sua. Mas não vai se acostumando, viu? Thaís Ansiosa dos Anjos

— Posso saber que cara é essa de quem viu o passarinho sei lá de que cor? — O Sidney estava encostado na porta do meu quarto com cara de deboche.

— Shhh, fala baixo! — Fiz um sinal para ele se aproximar. — A Brenda vai aparecer aqui umas três horas e me chamar para tomar um sorvete, mas na verdade eu vou encontrar o Pablo. Posso contar com você?

— Tudo bem. — Ele riu. — Vocês dois precisam se resolver de uma vez! Estão namorando ou não?

— Não sei, Sidney... — cochichei. — Só não quero que nossos pais saibam ainda. Por favor, me ajuda.

— Até que estou me divertindo com isso... — Ele continuou rindo de mim. — Vou te acobertar hoje. Mas não demora muito pra contar. Se eles descobrirem, vai ficar pior pra você.

— Prometo! — Beijei os dedos cruzados, como num juramento.

Ele me abraçou e beijou os meus cabelos.

— Mas que coisa boa passar pelo corredor e encontrar meus filhos favoritos se abraçando! — Minha mãe aplaudiu, e meu coração disparou pelo quase flagrante da conversa.

— Viu como você é uma mulher de sorte, mãe? — O Sidney a puxou para o abraço. — Dois filhos lindos, inteligentes, *responsáveis*... — Ele enfatizou a última palavra, e entendi muito bem a alfinetada, tanto que dei um beliscão na cintura dele.

— Ai, Thaís! — ele massageou a cintura. — Sei que eu sou gostoso, mas não exagera.

— Vocês dois... — Minha mãe saiu rindo em direção ao banheiro e fingi dar um soco no queixo dele.

— Você me ama, sou irresistível. — Ele piscou para mim e saiu do quarto.

— Metido! — Caí na gargalhada.

Do jeito que a coisa andava, pensei em escrever um livro chamado *Como lidar com irmãos que se acham o máximo*. Com a experiência dos textos do blog, acho que eu poderia me dar bem e virar uma escritora best-seller.

16

Mais um novo (e maravilhoso) passo

Conforme combinado, pontualmente às três horas, a Brenda tocou a campainha. Meus pais estavam abraçadinhos na sala, assistindo à televisão. Meu pai franziu a testa, meio confuso, já que teoricamente não estávamos esperando ninguém. Abri a porta da sala e a Brenda entrou.

— Boa tarde, tudo bem? — Ela olhou para os meus pais, que sorriram de volta. — Eu sou a Brenda, amiga da Thaís, do Portobello.

— Oi, querida, muito prazer! — Minha mãe sorriu, tentando ser simpática, mas conheço bem o olhar dela de "O que está acontecendo aqui?".

— Thaís, desculpa aparecer sem avisar... — Ela me olhou de forma tão convincente que tive que me segurar para não cair na gargalhada. — Eu estava aqui no prédio visitando o Pedro e bateu uma vontade de tomar um sorvete. Vamos? Aí eu te conto detalhes do meu encontro com o Dinho Motta nos bastidores do show de sexta.

— Posso sair? — eu me virei para eles. — A sorveteria é aqui pertinho, certo? — Ela concordou com a cabeça.

— Claro que pode, Thaís — minha mãe concordou na hora. — Mas troca de roupa, né? Não vai sair desse jeito.

— Vou me trocar. Você me espera aqui um pouquinho, Brenda?

— Claro! — Ela se sentou e novamente sorriu para os meus pais.

Antes que eu explodisse de tanta vontade de rir, corri para o quarto e coloquei a roupa que já havia separado. Quando eu estava quase voltando para a sala, o Sidney apareceu com uma embalagem branca.

— Não esquece de passar esse lustra-móveis na sua cara de pau antes de sair.

— Palhaço! Quer me deixar mais nervosa?

— Você acha que eu perderia a chance de te zoar? — Ele riu. — Olha, estou quieto e entrei na brincadeira por se tratar de um sorvete sem maiores consequências, viu? Mas não vou ser cúmplice de maluquices.

— Sidney, não tem nada de mais, fica tranquilo. Prometo que te conto tudo quando voltar.

— Hum... — Ele continuava com a expressão sarcástica. — Boa sorte.

Quando chegamos à portaria, o Pedro estava nos esperando.

— Oi, Pedro. — Estranhei. — Você vai tomar sorvete também? — Ri.

— Eu não perderia esse "sorvete" por nada! — ele falou, fazendo sinal de aspas com os dedos.

— Pedro! — a Brenda falou entre dentes, de olhos arregalados, como se estivesse dando bronca nele.

— Vocês dois estão estranhos... — comentei.

— Olha, Thaís... — Ela passou o braço em volta do meu ombro e começou a andar, me conduzindo para a avenida. — Vamos tomar um sorvete sim. Só que lá na minha casa. É aqui pertinho, são três quadras.

— O que vocês estão aprontando? — Parei de repente, de forma meio brusca, e a Brenda quase tropeçou nos próprios pés, me olhando com uma careta.

— Thaís, relaxa. — O Pedro colocou a mão no meu ombro e sorriu. — Confia na gente. É uma surpresa.

— Uma surpresa? — Comecei a sentir falta de ar de nervoso.

— Vamos, Thaís! — A Brenda me puxou pela mão.

Resolvi dar um voto de confiança para aqueles dois. Claro que o Pablo devia estar aprontando alguma, e, a cada rua que a gente cruzava em direção à casa deles, eu ficava mais nervosa e curiosa.

O prédio deles era parecido com o meu, só que era vermelho e tinha algumas lojas embaixo, como salão de beleza, pet shop e uma floricultura. No elevador, a Brenda apertou o sétimo andar. Quando entramos, notei que o apartamento era decorado de forma despojada. Confesso que, sendo a casa da Brenda, que é toda exibida, imaginei uma decoração sofisticada, com detalhes dourados, estatuetas e quadros gigantes. Mas não era nada disso. Tudo simples, claro e prático.

— Que bom que vocês chegaram. — O Pablo surgiu na sala e parecia ter acabado de sair do banho. Seus cabelos estavam molhados e um cheiro bom de xampu invadiu o ar.

— Nossa mãe foi ao cinema com o novo namorado. — A Brenda sorriu. — A surpresa para você está lá dentro.

— Vocês estão começando a me deixar com medo! — Tentei rir, mas eu estava realmente preocupada. — O que vocês estão aprontando? Isso é um sequestro?

— Vem, Thaís. — O Pablo me puxou pela mão e, quando cheguei na porta do quarto, logo o reconheci do vídeo. O armário, as prateleiras, a prancha de surf encostada na parede.

Sentei no sofazinho que ele apontou. O Pedro ficou em pé, e o Pablo e a Brenda sentados na cama. Ele pegou o violão, colocou uma folha de papel ao lado e começou a tocar. "Lucky"!!! Meu coração ficou aos pulos, eu estava hipnotizada pela cena. Acredito que ele tenha ensaiado mais, pois não olhava tanto para as cifras, e sim para mim, enquanto cantava. Cada um cantou a sua parte, como no vídeo na internet, mas era emocionante demais ao vivo.

Lucky I'm in love with my best friend
Lucky to have been where I have been
Lucky to be coming home again.

They don't know how long it takes
Waiting for a love like this
Every time we say goodbye
I wish we had one more kiss
*I'll wait for you, I promise you I will.**

* "Que sorte eu estar apaixonado pela minha melhor amiga/ Que sorte ter estado onde estive/ Que sorte estar voltando para casa novamente.// Eles não sabem quanto tempo leva/ Esperar por um amor assim/ Toda vez que nos despedimos/ Eu gostaria que tivéssemos mais um beijo/ Eu vou esperar por você, prometo que vou."

Quando eles terminaram de cantar, eu só sentia lágrimas escorrerem. O Pablo colocou o violão de lado, se levantou e me puxou delicadamente pela mão. Enxugou minhas lágrimas com o polegar direito e deu aquele seu sorriso lindo, fazendo meu coração derreter.

— Sim, eu aceito — ele disse.

— Oi? — Eu ri de forma nervosa. Do que ele estava falando?

— Eu aceito ser seu namorado. — Ele continuava sorrindo com a mão no meu rosto, e eu estava à beira de um colapso nervoso.

— Eu também aceito — falei, entrando na brincadeira de começar pela resposta.

— Oi? — ele imitou o meu jeito de falar, fingindo uma expressão confusa, mas continuava com aquele sorriso lindo.

— Eu aceito ser sua namorada.

E ele me beijou. O beijo mais lindo de todos! Só lembrei que o Pedro e a Brenda estavam no quarto quando abri os olhos e vi que ele estava filmando tudo com o celular.

— Ai, não acredito que você estava filmando! — Cobri o rosto de vergonha.

— Um momento como esse e eu não ia filmar? Só se fosse louco... — Ele riu. — Só vou mandar pra vocês, relaxa.

— Até porque a exibida da família é a Brenda — o Pablo cutucou.

— Ai, quanto drama! — Ela suspirou e fez uma cara engraçada. — A exibida aqui pode servir brownie com sorvete para comemorar o namoro do mais novo casal fofo do Portobello?

— Só brownie pra mim — o Pedro levantou as mãos e fez uma careta engraçada. — Eu odeio sorvete. E que combinação mais esquisita, bolo quente com sorvete gelado, eca!

— Pedro, você tem sérios problemas... — Caí na gargalhada. — Todo mundo gosta de sorvete.

— Eu não sou todo mundo... — Ele fez cara de metido, para rir em seguida.

Fomos para a cozinha e a Brenda esquentou no micro-ondas quatro quadradinhos de brownie, enquanto o Pablo pegava um pote de sorvete de creme e calda de chocolate. Que delícia!

— Brenda, conta mais do Dinho Motta! — falei com a boca cheia, sem a menor educação.

— Então... A ideia foi dele, acreditam? — Ela fez uma dancinha, mesmo sentada, provocando risadas na gente. — Ele tinha visto um dos meus vídeos e me deu a maior força. Falou para eu investir num lado mais pop, sabe? Ele acha que tem mais a ver comigo e falou para eu gravar mais. Vou ensaiar mais algumas músicas e postar. Quem sabe algum produtor musical não me descobre?

— Não sei como você consegue namorar a minha irmã, Pedro... — O Pablo riu, fazendo uma careta para ela.

— Eu não sou ciumento, ela é quem fica de besteira — o Pedro também falou de boca cheia. Que bom que eu não era a única sem educação, rsrsrs... — Já me acostumei, nem ligo mais.

— Gente, mas se eu quero ser famosa, tenho que aparecer, né? — ela se defendeu. — Como eu vou ser cantora se ficar escondida no banheiro?

— Você sabe que tem um monte de garotas que acham você metida, não sabe? — não aguentei e soltei.

— Eu sei. E sinceramente? Ninguém nunca vai agradar a todos. Se eu fosse quieta, na minha, iam falar. Como eu apareço

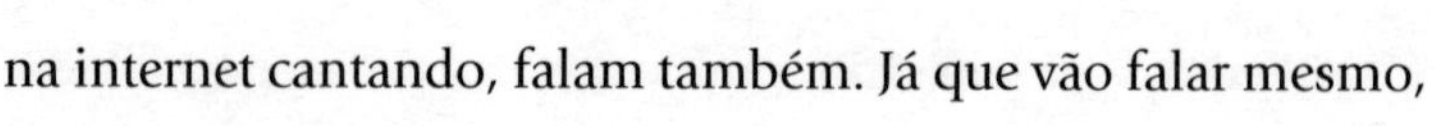

na internet cantando, falam também. Já que vão falar mesmo, eu faço o que gosto e não estou nem aí.

— Queria ter essa coragem... — comentei enquanto pegava mais um pouquinho de sorvete do pote, estrategicamente colocado no centro da mesa. — Ainda estou lidando com a timidez.

— Eu gosto desse seu jeitinho, Thaís... — O Pablo me beijou, mesmo melado de calda de chocolate.

— Mas esse casalzinho está doce demais, hein? — o Pedro zoou. — Mais doce que essa sobremesa aqui, deu até dor de dente.

Quando eram umas sete da noite, voltei para casa. Claro que ouvi um "Nossa, quantos litros de sorvete vocês tomaram?" do meu pai. Apenas ri e invadi o quarto do Sidney. Ele realmente queria passar no vestibular. O mais saidinho de todos estava estudando matemática em pleno domingo.

— O Pablo me pediu em namoro! — falei baixinho, mas não consegui segurar a empolgação e comecei a pular no quarto dele.

— Sabia que ia acontecer qualquer hora. Vocês dois são perfeitos juntos.

— Jura? — Fiquei espantada com o que ele disse. — Você é um cara muito intrigante, querido irmão. Nunca sei o que esperar de você.

— Estou curtindo o lance de vocês, sério. — Ele riu. — Vai contar para os nossos pais?

— Preciso, né? Mas não sei o que fazer... — Senti as mãos geladas.

— Quer que eu vá com você?

— Você faria isso por mim?

— Claro. Vamos aproveitar que os dois são só amor depois que o papai se mudou de vez.

— Tudo bem. Seja o que Deus quiser.

Fomos para a sala e o Sidney pegou o controle remoto da televisão. Quando ele baixou o som, os dois nos olharam como se fôssemos ETs. Respirei fundo e contei tudo. Minha mãe sorria, enquanto meu pai me olhava sério. É lógico que não contei todos os detalhes, fiz um resuminho. Quando terminei, meu pai finalmente esboçou um sorriso.

— Estou até agora tentando entender por que o Sidney está parado do seu lado feito um segurança. — O tom que ele usou foi tão engraçado que caímos na gargalhada.

— Só para provar que eu sou um irmão consciente e posso atestar que o carinha é legal. E que vou ficar de olho na mocinha aqui.

— Minha filha com namorado. Por essa eu não esperava... — Meu pai fez cara de preocupado.

— Eu já tinha notado que você andava aérea demais pela casa. Desconfiei que pudesse ser algo do tipo, estava só esperando você confirmar. E larga de ser ciumento, Gustavo! — Minha mãe fez cosquinha nele.

— Eu não sou ciumento, Celina — ele se defendeu. — Mas, com o Sidney vigiando, fico mais tranquilo. Quando vamos conhecer o famoso Pablo?

— Vou combinar tudo, prometo.

Voei para o meu quarto. Precisava contar as novidades para a Fabi! Assim que liguei o computador, vi que o Pedro tinha enviado o vídeo por mensagem privada. E de novo comecei a chorar, assistindo à cena de outro ângulo.

Thaís Amâncio dos Anjos, bem-vinda à sua nova vida!

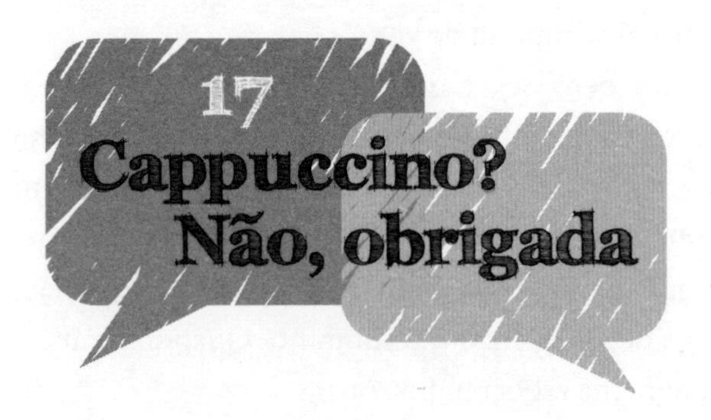

17
Cappuccino? Não, obrigada

QUATRO MESES DEPOIS

Junho. Adoro! Mês de festa junina, friozinho, chocolate quente... Aliás, essa é uma das delícias que posso me dar o prazer de ter de vez em quando. Com a natação, consegui emagrecer quatro quilos! Estou me sentindo muito mais disposta, não tenho mais vontade de tirar aquelas sonequinhas e aprendi várias técnicas. Progressos incríveis, mas continuo na parte rasa da piscina. Agora que minha vida está maravilhosa, não vou me arriscar a me afogar só para competir com os alunos mais antigos. Ah, uma novidade! Com o frio, para evitar que os alunos abandonassem as aulas de natação como nos anos anteriores, o Portobello fez um convênio com um clube próximo que tem piscina térmica. Achei o máximo! Eu sentiria muita falta dos exercícios se precisasse parar por causa do frio, e agora vamos poder praticar até mesmo durante as férias de julho.

Meu namoro está a coisa mais fofa desse mundo. A gente só teve uma briguinha de nada uma vez. E a culpa foi minha.

Sim, eu paguei o mico de ter uma crise de ciúme por causa do comentário de uma ex-namorada do Pablo em uma foto do perfil dele.

— Fica tranquila, Thaís. O meu irmão é amarradão em você, essa garota não tem nada a ver — a Brenda me consolou.

E pedi desculpa por ter sido insegura. A minha cena foi realmente vergonhosa. Ele me perdoou, e aí eu descobri uma parte bem interessante dos namoros: a reconciliação. Se brigar não fosse tão desgastante, até que uma briguinha por semana não seria tão mal assim...

Segui o conselho da Fabi e resolvi relaxar com o blog. Mesmo com tanta coisa para fazer, reservei um dia na semana para responder perguntas. Com o tempo, os leitores do blog se acostumaram, e agora até acho mais divertido. Claro que nem sempre sei responder tudo, mas fico feliz por poder ajudar no que dá. Ainda não decidi se um dia vou me revelar. Continuo mantendo o mesmo padrão, ou seja, me imaginando aquela mulher chique, com óculos de armação fininha, andando pelos corredores da *Universo Teen* tomando meu cappuccino. O anonimato me protege, e ter dupla identidade é até excitante. Não que eu me ache uma heroína, nada disso. Mas acho legal aquela vida dupla ao estilo da do Clark Kent. Ele trabalha no *Planeta Diário* e eu no meu blog.

Depois de pôr em dia a matéria de geografia para a prova da semana, selecionei mais duas perguntas para a Consultora Teen responder.

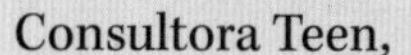

Consultora Teen,

Eu gosto de um menino da minha escola, só que ele é muito lerdo. Ele gosta de mim também, uma amiga em comum me contou! Mas ele é tímido demais e não toma a iniciativa. O que eu faço?

Sinceramente, você tem grandes chances de se dar bem, não acha? Você disse que ele gosta de você. Isso já não é muito bom? Essa certeza você já tem. Vamos perder essa vergonha, menina! Se ele não toma a iniciativa, cabe a você fazer essa história acontecer. Comece falando de assuntos da escola, diga como aquela aula foi boa ou descubra uma matéria em que ele seja fera e peça umas dicas. Se ficar tímida conversando com ele sozinha, que tal marcar uma saída em grupo, ir ao cinema? Sente-se do lado dele, ofereça pipoca. Dessa forma ele vai se aproximar e deixar de ser tão lerdo, como você afirmou. Tenho certeza de que vai dar certo! Boa sorte!

Beijos,
Consultora Teen

Como você às vezes responde perguntas de garotos, resolvi arriscar. Eu entrei na escola técnica esse ano, mas não estou gostando. E eu sonhava com isso dia e noite! Eu tinha certeza que queria fazer curso técnico, mas a realidade é bem diferente. Estou enrolando para conversar com o meu pai, pois ele me pagou um curso preparatório no ano passado e gastou um bom dinheiro. Eu estudei bastante, passei, mas agora vi que não gosto da escola técnica tanto assim. Devo continuar ou falar para o meu pai que eu não quero mais estudar lá?

Que bom que você não ficou com vergonha de me escrever! Sim, eu recebo muito mais perguntas de garotas, mas é sempre bom quando temos uma presença masculina por aqui. Olha, quanto à sua pergunta... Isso acontece com um monte de gente! Imaginamos uma determinada coisa e, quando saímos do sonho e partimos para a realidade, vemos que não era bem aquilo. Você se esforçou, mas não está curtindo. Está com pena do dinheiro que o seu pai gastou, não é? De repente você pode tentar duas coisas:

1 — A escola técnica é um pouco diferente da tradicional. Isso pode estar te deixando preocupado ou mesmo com medo da responsabilidade. Talvez você esteja com dificuldade para se adaptar. Como já estamos no meio do ano, que tal dar mais uma chance para o curso até o fim do ano? Vai que você passa a gostar?

2 — Se realmente viu que essa não é a sua praia, não fique se sentindo culpado. Sorte das pessoas que, na sua idade, já sabem o que vão ser pelo resto da vida. Nós temos o direito de escolher. E temos o direito de nos enganar também! Precisamos estudar e trabalhar com aquilo que gostamos. Converse com o

seu pai, abra o seu coração e diga que quer voltar para o ensino médio tradicional. Pense também na possibilidade de fazer um teste vocacional, pode ajudar bastante. Boa sorte!

Beijos,
Consultora Teen

Já era tarde da noite. Eu teria pouco tempo para dormir. Meus pais já tinham ido para o quarto fazia tempo. Eu ia desligar o computador e deitar quando chegou um e-mail da Fabi.

De: Fabiana Araújo
Para: Thaís dos Anjos
Assunto: Enfim, meu celular novo!

Amigaaaa!!
Meu castigo acaba oficialmente amanhã. Fui uma mocinha bem comportada e vou ganhar um celular novo. Uhuuuu! Minha mãe ficou de ir comigo ao shopping amanhã para escolher. Claro que ouvi um monte de "Tente ser mais atenta dessa vez, seja mais responsável, blá, blá, blá". Prometi de tudo. Vou pagar promessas até o fim dos tempos! Hehehehe... O que importa é que eu vou retornar ao mundo. Impossível ficar sem um celular decente, por favor! Assim que eu tiver em mãos meu novo "bichinho de estimação", te aviso.
Outra coisa importante, só para te deixar tranquila: apesar de o namoro com o Leonardo ter terminado há apenas duas semanas, estou conformada. Como eu nunca tinha namorado antes, quando terminamos veio aquela sensação de fracasso, um milhão de perguntas me passaram pela cabeça. Mas passou! Não era pra ser, foi

bom enquanto durou e vou guardar boas lembranças. Ele era fofo, mas aquele entusiasmo inicial havia esfriado. Já sinto meu coração livre para me apaixonar novamente. Enquanto isso, suspiro pelo novo monitor do laboratório de informática do colégio. Ele usa óculos, tem uma carinha de inteligente, sabe? Estou adorando inventar perguntas para as quais já sei as respostas, só para ele me ajudar. #FabiEspertinha
Contando os dias para as férias de julho! Vou poder ficar uma semana inteira na sua casa e matar as saudades! #DancinhaDaAlegria
Prometo que não vou ficar segurando vela e atrapalhar seu namoro com o Pablo.
Boa noiteeee! Vou tentar dormir, apesar da ansiedade pelo novo celular.
Sua amiga (que está sempre com saudades),
Fabi

O despertador do celular tocou e, como dizem por aí, foi difícil "tirar o colchão das costas". Eu ainda estava sonolenta quando entrei na classe. Mas o sono logo iria embora. Duas notícias bombásticas me aguardavam.

— Está sabendo que a sua cunhadinha foi convidada para participar de um reality show de música chamado *Internet Pop Music*? — a Marina fez a fofoca.

— Mentira! — Eu estava chocada. — Não sabia. Ela não contou nada!

— Nem pra cunhada contou... — Ela fez careta de desagrado para a Bia e a Matiko. — Típico... — continuou a alfinetar.

— Para de ser invejosa, Marina! Ela pode ser metidinha, mas canta muito bem, precisamos reconhecer. — A Bia diminuiu o tom de voz para que o resto da classe não ouvisse o segredo.

— Ainda não se curou da paixonite pelo Pedro? — A Marina fez uma careta e a Bia se virou para mim. — Thaís, ela chegou contando pra turma dela toda, e a fofoca veio parar aqui, claro.

— Ah, meninas. Eu sei que a Brenda não é a pessoa mais fácil do mundo, mas ela é legal. Como cunhada, não tenho do que me queixar. Tirando o episódio do Dinho Motta, que ela não me apresentou... Vocês implicam tanto com ela que não querem enxergar as qualidades — defendi. — E ela tem se esforçado muito nos últimos meses, é o seu maior sonho. Adorei saber, depois vou querer mais detalhes.

— Só sei o seguinte... — A Matiko fez bico, se fingindo de ofendida. — Será que posso contar a minha novidade também? Eu não sou famosa, não tenho dueto com o Dinho Motta na internet, mas tenho o meu valor, sabiam?

— Opa! O que é? — perguntei. — Pela sua cara, deve ser algo incrível.

— Eu simplesmente vou participar de uma matéria da revista *Universo Teen*! — A Matiko começou a bater palmas de empolgação. — Eu me inscrevi no site para uma matéria que vai falar sobre aparelho dentário. Vocês sabiam da nova modinha de usar aparelho falso nos dentes, só de enfeite? Isso é muito perigoso, tem gente tendo sérios problemas. Então eles vão entrevistar quem realmente usa, com todos os cuidados médicos, e colher depoimentos. E eu fui escolhida! Vocês sabem como eu detesto usar aparelho, ainda falta um mês para tirar, mas pelo menos tem algo de positivo nisso tudo. Vou aparecer na revista mais fofa do mundo!

— Usar aparelho pode ser dolorido, incômodo, mas você vai ficar com um sorriso lindo, Matiko. Para de reclamar. Ai, eu amo essa revista, é a minha favorita! — quase gritei. — Queria tanto conhecer a redação.

— Aí é que está a melhor parte da notícia, a cereja do bolo, com direito a cobertura de brigadeiro... — ela continuou, fazendo cara de suspense. — Eu pedi autorização para a jornalista e vou poder levar vocês! Vocês vão ficar vendo tudo dos bastidores!

Aí a gente não aguentou! Começamos a pular e gritar feito quatro loucas na sala de aula. Todo mundo ficou olhando como se fôssemos fugitivas do hospício. O sinal tocou e tratamos logo de sentar, antes que uma advertência acabasse com a nossa alegria.

— Quando vai ser isso, Matiko? — perguntei baixinho.

— Hoje à tarde! — Ela começou a esfregar as mãos na calça jeans de tanto nervoso. — Desculpem só avisar agora, mas eu soube ontem e preferi contar pessoalmente. Ela pediu pra gente chegar por volta das quatro horas.

— Vou ter que faltar no curso de inglês, mas dane-se! Vai ser por uma boa causa, depois eu me resolvo com a minha mãe. Onde fica a revista? — a Bia perguntou.

— Fica em Botafogo! — Nem deixei a Matiko responder. — Eu sei o endereço de cor, tamanho é o meu sonho de conhecer a redação. Eu não acredito que isso vai acontecer!

— Vai ser difícil a gente se concentrar nas aulas hoje! — A Marina suspirou fundo e tivemos que interromper a fofoca, já que a primeira aula do dia ia começar.

E a Marina estava certa. Por mais que a semana de provas estivesse bombando, a concentração foi praticamente impossível. Encontrei o Pablo rapidamente na saída e contei sobre a ida à revista. Ficamos de nos encontrar mais tarde, pois ele me faria uma surpresa. Mais uma. Ah, como esse meu namorado me deixa mal-acostumada...

Às três em ponto, todas estavam na Estação Uruguai para pegar o metrô. Era a mais perto da casa da Matiko e, como é a estação final, era garantido pegarmos o metrô vazio. Até Botafogo seriam uns vinte e cinco minutos, e ainda teríamos que caminhar duas quadras até o endereço da revista.

Ao chegarmos ao prédio da *Universo Teen*, precisamos nos identificar e pegar um crachá. E, claro, nervosa do jeito que eu estava, me enrolei toda na hora de encostar o tal crachá magnético na catraca para que ela destravasse e pudéssemos ter acesso ao hall dos elevadores.

Quando o elevador abriu no andar certo e dei de cara com a logomarca prateada da revista, meu coração disparou. A Matiko tomou a frente e se identificou para a entrevista. Aguardamos uns cinco minutos na recepção e entramos.

Conforme andávamos pelos corredores até a sala de reuniões, a minha decepção ia aumentando. Tentei não demonstrar isso para a Matiko, claro, para não desvalorizar o momento dela. Na verdade, a decepção era culpa minha. Eu tinha idealizado demais e por muito tempo esse momento.

Nos meus sonhos, as pessoas corriam de um lado para o outro de celular em punho atrás de furos de reportagem, fotógrafos apressados, gente famosa pelos corredores. Não foi isso que encontrei. Tudo era bem decorado, as paredes pintadas de um amarelo clarinho, muitos quadros com as primeiras capas publicadas. Várias pessoas sentadas diante de computadores, totalmente quietas, silêncio quebrado pelo nosso caminhar coletivo. Tudo era separado por baias; algumas pessoas usavam grandes fones de ouvido e nem repararam na nossa presença. Contei no máximo umas quinze pessoas ali, não mais que isso.

Quando chegamos à sala de reuniões, mais duas garotas esperavam para a entrevista. Ficamos quietinhas num canto, prestando atenção em tudo. A jornalista fez várias perguntas sobre o uso do aparelho, cuidados especiais, depois tiraram fotos. A parede da sala era bem bonita, eu já tinha visto em várias fotografias. Entendi que praticamente todas as entrevistas e sessões de fotos eram feitas ali. Ou seja, todo o glamour de fotografias feitas em estúdio, com maquiadores, cabeleireiros, iluminação e até mesmo aquele "ventinho sensual" que aparece nos filmes... nada daquilo que eu imaginava existia.

A jornalista, que era bem simpática, deu para cada uma de nós um kit com revistas e amostras de cosméticos dos anunciantes. Aproveitei o momento de descontração para perguntar o que sempre fantasiei.

— Oi, Mônica. — Abri o meu melhor sorriso e ela retribuiu. — Eu sempre tive curiosidade de saber quem responde as perguntas das leitoras. Seria muito abuso da minha parte pedir para você me apresentar pra ela? É uma das minhas sessões favoritas da *Universo Teen*!

— Como é mesmo o seu nome? — Ela riu do meu jeito de falar, como se estivesse pisando em terreno proibido.

— Thaís. Eu sou leitora assídua da revista, fã mesmo.

— Que legal, Thaís! Fico feliz que você curta a nossa revista. Como você pode ver, nossa equipe não é muito grande. Aqui fica a editora-chefe, a assistente e a pessoa responsável pelo site e pelas redes sociais. Temos também a parte financeira, a que cuida dos anunciantes, outra para questões administrativas, e eu centralizo as matérias. Grande parte é feita por colaboradores, que não ficam aqui na redação. Temos vários freelancers espalhados pelo Brasil. Essas pessoas contratadas geralmente fazem outras atividades, trabalham para outras revistas ou jornais e mandam o material uma vez por semana, por e-mail. Quem cuida das perguntas dos leitores é uma psicóloga amiga nossa. Selecionamos algumas, já que é impossível ler tudo o que chega. Adoramos essa sessão também, mas são muitas perguntas, infelizmente não podemos atender todo mundo. Enviamos por e-mail, ela responde e pronto. Nada muito complicado. Como ela mora no Paraná, vou ficar te devendo essa!

— Tudo bem, sem problemas... — Sorri, tentando ocultar a minha grande decepção.

Já a Matiko era a felicidade em pessoa. Tentei me animar e dar uma força para ela. Desde o término do namoro ela vinha tentando melhorar o astral. Ela e a Marina se matricularam num curso de confecção de bijuterias e estavam amando a nova atividade. E até pensando em montar uma lojinha virtual para vender as peças. Como a Marina já fazia vídeos de maquiagem, agora ia fazer também sobre acessórios. Eu não podia estragar esse momento com a minha frustração. As coisas não eram tão glamourosas como sempre pensei. E nada de cappuccino. Responder as perguntas das leitoras era *apenas* mais uma das atividades.

Pegamos o metrô de volta; como existem muitas empresas em Botafogo, coincidiu com o horário de saída e estava lotado! Fomos meio entaladas até a Central do Brasil, quando o metrô esvaziou um pouco e pudemos respirar melhor. Quando chegamos finalmente à Tijuca, cada uma foi para o seu lado, e mandei uma mensagem para o Pablo avisando que estava indo para casa.

Meia hora depois, a campainha tocou. Meu pai abriu a porta com um tremendo sorriso no rosto. Uma semana após o meu comunicado oficial de que estava namorando, o Pablo conheceu o restante da família. Nem preciso dizer que a minha mãe virou puxa-saco dele, sempre com paparicos, oferecendo algo gostoso para ele comer. Meu pai o tratava bem, mas fazia aquela pose de paizão. E o Pablo ficou ainda mais amigo do Sidney; eu tinha que disputá-lo às vezes com o videogame.

Pedi licença e fomos até o meu quarto. Com a porta aberta, claro. Condição imposta por todos, como se a gente fosse fazer alguma besteira. Ai, ai...

— Estou curiosa, que surpresa é essa?

— Que garotinha mais ansiosa! — Ele olhou para o corredor para depois me roubar um beijo. — Eu trouxe um presente de aniversário pra você.

— Em que mundo eu faço aniversário hoje? Hahahaha!

— No meu mundo. — Ele me encarou bem de pertinho com aqueles olhos verdes. — Feliz aniversário de cinco meses de cabeçada.

Aí ele tirou do bolso um chaveiro de capacete. Isso mesmo, um capacete, desses de motociclista, cor-de-rosa.

— Você não bate bem não, confessa! — Caí na gargalhada enquanto admirava o meu presente.

— Eu me apaixonei por você no dia em que você deu aquela tremenda cabeçada no orelhão aqui da rua. Aí eu pensei: *Mas que menina mais estabanada, e tão bonitinha. Precisa de um capacete para andar por aí.*

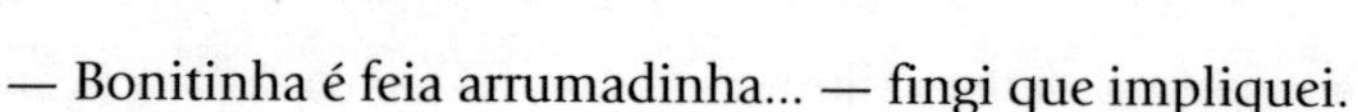

— Bonitinha é feia arrumadinha... — fingi que impliquei.

— Você é linda. — De novo, ele primeiro olhou para o corredor e então me roubou outro beijo.

— Obrigada! — Sacudi o chaveiro. — Vou colocar minhas chaves nele agora mesmo. Hummm... uma curiosidade. Garotos são sempre meio atrapalhados para guardar datas importantes. Por que você guardou justamente essa?

— Foi meu aniversário um dia antes. Eu ganhei o skate do meu pai e fui me exibir na rua com ele. Não tinha como não ficar marcado.

— Verdade! — Lembrei da data do aniversário dele.

— Eu te amo — ele falou bem pertinho do meu ouvido.

Meu ar faltou completamente. Ele segurou a minha mão e fiquei sem graça, porque tinha ficado gelada com a declaração assim, de surpresa.

— É a primeira vez que você diz isso.

— E me arrependo de todas as vezes que adiei. — Ele apertou a minha mão ainda mais forte.

— Eu também te amo.

— É a primeira vez que você diz isso — ele me imitou, como sempre fazia.

— E me arrependo de todas as vezes que adiei.

Diferente dele, não tomei o cuidado de ver se alguém estava no corredor. Eu o abracei bem forte, daqueles abraços de quase esmagar. Fiz carinho no cabelo dele. Eu simplesmente amo fazer isso... E o beijei com todo o amor do mundo. Do nosso mundo.

Ele não pôde ficar mais por causa da semana de provas. Eu também precisava estudar matemática. Fui até a cozinha e minha mãe preparava um cappuccino na máquina de expresso que ela tinha se dado de presente.

— Quer um, filha? — Ela exibiu a xícara e suspirou de prazer pelo aroma.

Caí na risada. Ela não entendeu nada, claro. A ironia era bem particular. E secreta.

— Acho que prefiro um chocolate quente.

Levei a caneca fumegante para o quarto e fechei a porta para abafar o barulho da televisão. Enquanto bebericava, antes de pegar o caderno para rever a matéria, resolvi acessar o blog para ver se tinha mais alguma pergunta. Não era o dia que eu tinha estipulado para fazer isso, mas, por causa da visita à *Universo Teen*, bateu a curiosidade.

Querida Consultora Teen,

Obrigada por ter respondido a minha pergunta. Aquela do garoto lerdo. Fiz o que você sugeriu, tomei a iniciativa e, como amanhã temos prova de química, pedi ajuda para ele. Ele topou na hora. Passamos a tarde na biblioteca. Confesso que foi difícil prestar atenção, mas acho que vou me dar bem na prova. E depois fomos conversando todo o caminho de volta pra casa. Acho que vai dar certo. Muito obrigada! Você me ajudou e o meu dia foi muito feliz. Beijos da sua fã

Achei engraçado ela dizer que era minha fã. Quem tem fã é a Madonna ou a Demi Lovato. Quem sou eu? Hehehehe... Fi-

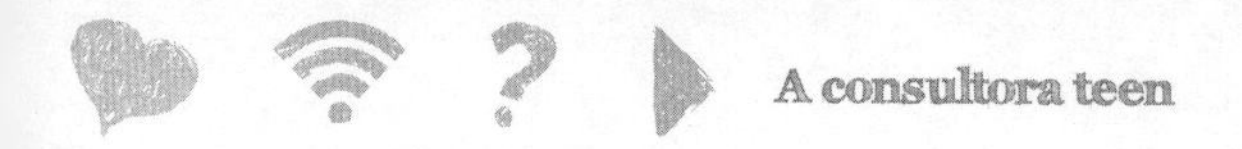

quei feliz, de verdade. A revista que inspirou isso tudo não tinha o glamour que eu sonhei um dia, mas ali, naquele meu pequeno pedaço de mundo, eu fazia a diferença na vida de alguém.

Comecei a rever as fotos dos últimos meses no computador. Tantos momentos legais! E resolvi fazer uma montagem para colocar como fundo de tela. Só que faltava alguma coisa...

Abri aquele texto que eu tinha escrito como despedida do blog, selecionei uma parte e coloquei na montagem. Agora sim tinha ficado perfeita! Configurei para que ela ficasse bem grande na tela. Fiquei admirando até tomar o último gole do meu chocolate quente.

QUANDO EU PENSO NA ADOLESCÊNCIA, ME VÊM À MENTE AS SEGUINTES PALAVRAS: AMOR, PAIXÃO, DANÇA, ALEGRIA, FESTA, NAMORO, AMIZADE, ESCOLA, SORVETE, PIZZA, MÚSICA, PRAIA, PISCINA, LIVROS, CINEMA, RISADAS.

Olhei para as paredes lilases, que agora tinham quadros magnéticos repletos de várias daquelas fotos dos últimos meses. Esse era o meu universo teen, e eu não o trocaria por nada!

Conheça a série As MAIS

Confira o blog das MAIS: www.blogdasmais.com

Conheça o blog da autora!
Acesse: patriciabarboza.com